ERNST ROCKSTROH

DER STEINIGE PFAD

Eigentlich fuhr der lindgrüne Wagen auf der leicht abschüssigen Landstraße viel zu schnell. Der Fahrzeuglenker schien die kurvenreiche Strecke genau zu kennen – er schaltete kaum zurück.

Nieselregen setzte ein, manchmal zogen Nebelschwaden von den Feldern herüber. Schemenhaft tastete sich das Lichtbündel der Scheinwerfer durch die Dunkelheit. Die abgenützten Scheibenwischer hinterließen Schlieren auf der Frontscheibe und verhinderten die Sicht.

Die schmale Straße machte erneut eine Krümmung, grenzte an ein Waldstück und begann leicht anzusteigen. Plötzlich tauchten im Lichtkegel die Umrisse eines Radfahrers auf. Die kümmerliche Beleuchtung des Fahrrades war kaum wahrzunehmen.

Der Fahrer des Wagens riß das Steuer herum und trat erschrocken auf das Bremspedal.

Das plötzliche Lenkungsmanöver schien den Zweiradfahrer noch mehr zu irritieren. Die grellen Scheinwerfer blendeten seine Augen; gleichzeitig spürte er einen dumpfen Aufschlag am äußersten Ende des Hinterrades. Vor Schreck erstarrt, verlor er die Orientierung und kam vom nassen Asphalt ab, und das Fahrrad schoß die Böschung hinunter, überschlug sich mehrmals, bis es schließlich an einem Fichtenstamm zum Stehen kam.

Der Mann im Wagen wurde kreidebleich – er fühlte sich schuldig. Warum hatte er nicht rechtzeitig die Geschwindigkeit den Sichtverhältnissen angepaßt und die Scheinwerfer abgeblendet?

Er warf einen raschen Blick in den Rückspiegel. Die Straße war frei. Auch in Fahrtrichtung näherte sich kein Auto. Der Mann überlegte fieberhaft – niemand hatte das Geschehen beobachtet. Sollte er einfach verschwinden und den Verletzten seinem Schicksal überlassen? Wilde Gedanken stürmten auf ihn ein. Er hatte das Fahrrad nur gestreift; am Wagen würden kaum Spuren zu entdecken sein, die ihm hätten gefährlich werden können. Er erwog immer noch, die Flucht zu ergreifen, doch sein Gewissen lehnte sich auf.

Der Fahrer ließ das Fahrzeug auf dem rechten Straßenrand ausrollen und schaltete das Standlicht ein.

Der Regen hatte nachgelassen, das silbrige Licht des Dreiviertelmondes drängte sich zaghaft durch das Gewölk.

Der Mann stellte den Motor ab und stieg unschlüssig aus. Zögernd ging er zurück bis zur Unfallstelle und entfernte mit dem Fuß eilig die Glassplitter der roten Fahrradrückleuchte von der Fahrbahn. Umgeknickte Sträucher markierten die Richtung, wo das Zweirad liegen mußte. Der Fahrzeuglenker schlich die Böschung hinunter, tappte auf dichten Beerenstauden durch die Dunkelheit, bis er auf den Verunglückten stieß. Er beugte sich über den Verletzten und fühlte seinen Puls. Mit raschem Entschluß griff er unter seinen Rücken und die Kniekehlen und pirschte sich wieder zurück.

Der Bewußtlose war nicht schwer, er mußte noch sehr jung sein. Dennoch brachte der leichte Anstieg den Mann außer Atem. An der Böschung blieb er verschnaufend stehen und horchte in die Nacht hinein.

Kein Laut drang von den Feldern jenseits der Straße herüber. Die Fahrbahn war leer und gut zu übersehen. Der Mann faßte den Buben erneut unter und trug ihn mit schnellen Schritten zum Wagen zurück. Noch während er ihn erschöpft auf dem Beifahrersitz plazierte, näherte sich ein Fahrzeug in Gegenrichtung.

Der Mann öffnete hastig die Motorhaube, verdeckte mit seinen Beinen die Fahrzeugnummer und hantierte in gebückter Haltung unter der Kühlerhaube, um einen Defekt vorzutäuschen.

Das andere Auto kam rasch näher und hielt schließlich an. Der Fahrer kurbelte die Seitenscheibe herunter und bot bereitwillig seine Hilfe an. „Haben Sie eine Panne – vielleicht kann ich Ihnen helfen?“ fragte er freundlich.

Der andere drehte ihm fast den Rücken zu. Er spürte den kalten Schweiß auf seiner Stirn. „Bemühen Sie sich nicht“, beeilte er sich zu sagen. „Eine Zündkerze muß vermutlich ausgefallen sein, aber ich komme schon zurecht“, gab er vor und atmete erst erleichtert auf, als sich endlich das andere Fahrzeug entfernte. Dann warf er die Abdeckung zu, setzte sich eilig hinter das Steuer und ließ den Motor anspringen. Er durfte keine Zeit verlieren, denn bis zum Kreiskrankenhaus waren es noch etwa zwanzig Kilometer. Gleichzeitig stand sein Entschluß fest, sich nicht zu erkennen zu geben, wollte er seinen Führerschein nicht verlieren. Er hatte während einer Wahlversammlung sicher etwas über den Durst getrunken, wofür die Polizei überhaupt keine Nachsicht zeigte. Auch würde er großen Ärger mit der Versicherung bekommen, ganz zu schweigen von den Scherereien mit den Behörden, zumal ihm die Fahrerlaubnis schon einmal wegen eines ähnlichen Delikts kurzfristig entzogen worden war.

Mitunter wagte der Wagenlenker einen kurzen Blick auf seinen ohnmächtigen Begleiter, der immer noch regungslos im Nebensitz kauerte. Die Tachonadel begann wieder zu klettern, als wollte der Fahrer vor der Gegenwart fliehen, aber das Schuldgefühl ließ sich nicht abhängen und verfolgte ihn unerbittlich.

Allmählich wurden die Straßen breiter, Verkehrsampeln tauchten auf. Dem Mann am Steuer schien die Kreisstadt nicht fremd zu sein. Sicher lenkte er das Gefährt auf den beleuchteten Straßen, bog dann eine Nebengasse sein, überquerte eine Kreuzung und stoppte den Wagen schließlich außerhalb des Klinikparkplatzes. Im Rückspiegel beobachtete er die Auffahrt. Der Haupteingang war nur mäßig beleuchtet, die Zufahrtstraße blieb menschenleer.

Der Mann zog die Handbremse an, ließ den Motor laufen und rannte um den Wagen herum. Als er vorsichtig die Beifahrertür öffnete, fiel ihm der Bub fast in die Arme. Er nahm ihn vorsichtig auf, trug ihn bis zum Portal und setzte ihn dort behutsam auf der Treppe ab.

Der Pförtner saß über einem Kreuzworträtsel und schreckte erst auf, als die Pfortenklingel schellte. Er betätigte den automatischen Türöffner, doch es näherte sich niemand dem Innenhof. Der Pförtner ging verdutzt nach draußen und bemerkte den bewußtlosen Jungen. Gleichzeitig jaulte weiter entfernt ein Motor auf und mit quietschenden Reifen bog der Wagen die nächtliche Seitenstraße ein, um eilig die Stadt zu verlassen.

Wenig später lag der Verunglückte auf der Intensivstation, wo sich eifrige Hände um den jungen Patienten bemühten. Die Röntgenergebnisse deuteten auf keine inneren Verletzungen hin. Die Platzwunde auf der Stirn versorgte geschultes Personal, eine Fraktur am Unterkiefer und eine leichte Gehirnerschütterung gaben kaum Anlaß zu größerer Besorgnis.

Die Pulsfrequenz war den Umständen entsprechend. Technische Apparaturen steuerten die Herztätigkeit, kontrollierten den Kreislauf, regelten die künstliche Beatmung. Eine gelbliche Infusionslösung tropfte durch einen Schlauch. Auf dem Monitor des EEG, das die elektrischen Hirnströme mißt, verliefen keine beängstigenden Null-Linien.

Der diensthabende Oberarzt zeigte sich zuversichtlich. Die Pupillen des Jungen verengten sich sofort, als das Licht der Taschenlampe sie traf.

„Die Reflexe sind deutlich wahrzunehmen – bis morgen dürfte er die Schockkrise überstanden haben, wenn sich keine Komplikationen ergeben", meinte er resümierend und schritt wieder zum Bett eines Infarktpatienten, um die graphische Aufzeichnung des Kardiogramms zu beobachten.

Irgendwo klingelte ein Telefon. Schwester Helga nahm den Hörer ab und wandte sich dann dem Mediziner zu.

„Herr Oberarzt, da erkundigt sich jemand nach dem Befinden des Jungen", bedeutete sie und deckte mit der Hand die Sprechmuschel ab.

„Wer ist es? – Die Polizei hatte so wenig Hinweise wie wir, um die Eltern des Buben zu verständigen", bemerkte Doktor Seidl, ohne aufzusehen.

Die Schwester zuckte die Schulter. „Der Pförtner sagte, der Anrufer wollte sich nicht zu erkennen geben."

„Dann ist es bestimmt der Unfallflüchtige, den das Gewissen peinigt", mutmaßte der Arzt lakonisch. „Lassen Sie ihn wissen, daß wir anonymen Anrufern grundsätzlich jede Auskunft verweigern. Wenn er mit sich ins reine kommen will, soll er sich zweckmäßigerweise mit der Polizei in Verbindung setzen."

*

Weit außerhalb von Tannried, wo sich an der kleinen Feldkapelle ein schmaler Schotterweg malerisch in die Höhe schlängelte, stand auf einer Bergkuppe das Bruckhofer-Anwesen. Das behäbige Gebäude wirkte gepflegt. Die Fassaden hatten einen neuen Anstrich, der hölzerne Balkon war frisch gestrichen. In der angrenzenden Stallung befanden sich über zwei Dutzend Rinder, und im massiven Schuppen verrieten moderne Landmaschinen bäuerlichen Wohlstand.

Zwei Tage nach dem Unfall konnte man in der Lokalseite des „Landboten" das Unfallgeschehen auf der Kreisstraße lesen.

„Der Unfallhergang stützt sich auf vage Vermutungen, zumal Zeugen fehlen und der Lenker des Personenwagens durch seine Flucht die Aufdeckung des nächtlichen Hergangs erschwert. Ein aufmerksamer Lkw-Fahrer entdeckte erst am nächsten Morgen das verbeulte Fahrrad unterhalb der Waldböschung und verständigte die nächste Landpolizeistation. Inzwischen ließen sich auch die Personalien des Buben feststellen, dessen Zustand noch als ernst bezeichnet werden muß, da er immer noch im Koma lag.

Bei dem Opfer handelt es sich um den vierzehnjährigen Toni Aichinger aus Dürnfeld, dessen Eltern eine kleine Nebenerwerbslandwirtschaft betreiben. Der Wagen des Unfallflüchtigen müßte links vorne leichte Blessuren abbekommen haben. Sachdienliche Mitteilungen, die auf Wunsch vertraulich behandelt werden, nimmt jede Polizeidienststelle entgegen."

Die Bruckhoferin kam ein aufrichtiges Bedauern an, als sie am Abend in der Zeitung blätterte. Sie kannte die wirtschaftlichen Verhältnisse der Aichingers vom Hörensagen, zumal die Lederfabrik in Weichs, wo Tonis Vater jahrelang ein geregeltes Einkommen hatte, vor einigen Monaten in Konkurs geraten war.

„Was leben wir nur in einer Zeit", lamentierte sie mit Abscheu. „Ein unschuldiges Kind womöglich zum Krüppel fahren und sich dann feige der Verantwortung entziehen."

„Wahrscheinlich war er besoffen und hatte Angst vor den Konsequenzen", äußerte ihr Mann beipflichtend. „Das wird halt so ein junger Raser gewesen sein, der seine Aggressionen auf der Straße abreagiert, wie man häufig davon liest."

„Das ist kein Argument“, ereiferte sich seine Frau. „So einen gewissenlosen Kerl müßte man einsperren, dann könnte er über das Unheil nachdenken, das er über eine rechtschaffene Familie gebracht hat.“

„Wenigstens hat er den Buben noch rechtzeitig ins Krankenhaus geschafft.“

„Ja, heimlich und vom schlechten Gewissen getrieben, um sich dann hinterhältig aus dem Staub zu machen“, warf sie sofort mißbilligend ein. „Am nächsten Sonntag sitzt er vielleicht wieder in der Frühmesse auf seinem Platz und liest am lautesten aus dem Gebetbuch, als sei nichts geschehen“, redete sich die Frau immer mehr in Zorn. „Legt womöglich irgendwo auswärts seine Beichte ab, empfängt die Absolution und glaubt, seinem Gewissen Genüge getan zu haben.“

Die Bruckhoferin hätte ihre Anklage bestimmt noch in die Länge gezogen, aber ein Blick auf die Uhr erinnerte sie daran, das Abendessen zuzubereiten. So legte sie schließlich die Zeitung beiseite, nahm die Brille ab und schlurfte zur Küche hinüber.

Jakob Bruckhofer unterließ es geflissentlich, seine Frau an ihrer gewohnten Tätigkeit zu hindern. Er kannte ihren Gerechtigkeitssinn und achtundzwanzig Ehejahre hatten ihn gelehrt, daß solche Diskussionen meist mit einem Mißklang endeten, der zu nichts führte, besonders wenn er nicht immer unbedingt ihre Meinung teilte.

Natürlich war das Geschehnis verwerflich, aber es gab soviel Unglück auf der Welt, daß es sich gar nicht verlohnte, dieses Geschick mit soviel Dramatik aufzuwiegen.

Der Bruckhofer hatte im Augenblick genügend eigene familiäre Unstimmigkeiten zu bewältigen, daß ihm nicht danach war, am Schicksal anderer Leute viel Teilnahme zu zeigen.

Für diesen häuslichen Unfrieden sorgte seit einiger Zeit seine Pflegetochter Loni, die er auf Drängen seiner Frau vor etwa fünfzehn Jahren aufgenommen hatte; zumal ihre Mutter, eine schlechtbeleumundete Kellnerin vom Nachbarort Riedling, nach kurzem Zögern gerne bereit war, sich von dem unerwünschten dreijährigen Bankert zu trennen.

Die Bruckhoferin hielt es für ihre Christenpflicht, sich des bedauernswerten Geschöpfs anzunehmen, als längere Zeit nach einem Fehltritt ihres Mannes allmählich der Hausfrieden wieder eingekehrt war.

Der Bruckhofer stimmte diesem Vorsatz in einer Aufwallung von gütiger Bereitschaft willig zu, wobei allerdings die Erwägung, eine billige Arbeitskraft zu bekommen, mehr den Ausschlag gab, als die moralische Verpflichtung.

Es verband ihn jedoch keine herzliche Zuneigung mit diesem Kind. Besonders, als sich nach einigen Jahren zufällig herausstellte, daß er seine Vaterschaft etwas zu voreilig anerkannt hatte. Der Verlust der unnötig geleisteten Alimentenzahlungen stimmte ihn nicht zugänglicher und ließen den letzten Rest an Sympathie mit seiner vermeintlichen Tochter ganz verblassen.

Die Pflegeschaft zu annullieren, ließ sich in Tannried schlecht motivieren, und so wuchs die Abneigung des Bruckhofers zusehends zum Haß. Er ließ seine ganze Strenge walten und nahm jede Gelegenheit wahr, an dem Mädchen herumzunörgeln.

Doch Leni reagierte immer aufsässiger auf ungerechtfertigte Schelte. Sie besaß keinen Willen zur Ehrfurcht, zeigte sich aufmüpfig, was dem angespannten Zusammenleben gar nicht dienlich war. Sie ignorierte fürsorgliche Ermahnungen und beanspruchte Freiheiten, die vor Jahren noch undenkbar gewesen wären.

Die Bruckhoferin war noch eher zur Nachsicht bereit, aber ihr Mann duldete keinen Widerspruch, und die unerfreulichen Wortwechsel mit dem mißratenen Mädchen nahmen immer peinlichere Ausmaße an. In diesem Augenblick hatte Loni widerwillig die Stallarbeit beendet und betrat mürrisch die Wohnstube. Den Pflegevater beachtete sie kaum und blätterte gelangweilt in der Tageszeitung.

Die Natur hatte sie mit angenehmen Rundungen ausgestattet, die keinem Mann verborgen blieben. Ihr Gesicht, mit den etwas sinnlichen Lippen, war von herber Schönheit, das schwarze Haar machte sie rassig, und ihr ostentativer Blick wirkte, je nach Laune, verheißungsvoll oder abweisend.

Dieses provozierende Verhalten nahm der Bruckhofer sofort zum Anlaß, einen Streit vom Zaun zu brechen. „Gestern muß es wieder spät gewesen sein, wie du heimgekommen bist", begann er sie zu maßregeln. „Wie man nur daran Gefallen finden kann, sich bis in die späte Nacht in Diskotheken herumzutreiben?"

Auf Loni machten diese Moralpredigten schon lange keinen Eindruck mehr. „Was soll ich denn zu Hause vor dem Fernseher hocken, und Socken stopfen macht mir keinen Spaß mehr“, erwiderte sie schnippisch.

Die ungebührliche Antwort stachelte seinen Zorn an. „An rotzfrechen Reden fehlt es dir nie“, polterte er los. „Aber bei deinem zweifelhaften Umgang ist das auch nicht verwunderlich. Sogar die Leute reden schon über uns.“

Loni lächelte herausfordernd. „Ich finde es ganz amüsant, im Mittelpunkt von Diskussionen zu stehen“, betonte sie lapidar.

„Jetzt wirst du auch noch unverschämt“, rief er mit erhobener Stimme. „Etwas mehr Respekt dürfte man schon erwarten, nachdem wir dich großgezogen haben, falls du das bereits vergessen hast.“

„Wie könnte ich, wenn du mich ständig daran erinnerst“, höhnte sie. „Aber ich entsinne mich nicht gerne an meine freudlose Jugend und einen herrischen Pflegevater, der stets nur Schimpfworte für mich übrig hatte“, ließ sie ihrer angestauten Aggression freien Lauf.

„Daß du es dann überhaupt so lange bei uns ausgehalten hast?“ warf er sofort ein.

„Das habe ich mich auch schon gefragt“, entgegnete sie mit beißender Ironie. „Vielleicht hat mich die Vernunft bewogen, hier auszuharren, ehe ich in einem Heim gelandet wäre?“

„Etwas Zucht und Ordnung hätte dir nicht geschadet", bedeutete der Bruckhofer ungehalten.

„Spiel jetzt nicht den Sittenapostel", gab sie unverhohlen zurück.

Jakob überhörte wohlweislich die Anzüglichkeit.

„Mit dem verheirateten Schorer Georg sollst du sogar ein Verhältnis haben, erzählt man sich schon hinter vorgehaltener Hand", setzte er seine Anklage fort.

„Du warst auch nicht mehr ledig, als du dich mit meiner Mutter eingelassen hast", konterte sie unverblümt.

Der Bruckhofer suchte etwas verunsichert nach einer passenden Gegenrede, die ihren Stolz treffen mußte. „Du kannst dich ja verändern, wenn du glaubst, du findest etwas Besseres", legte er ihr nahe.

„Sehr viel schlechter kann ich es kaum treffen", entfuhr es ihr unbeherrscht.

„Dann geh doch, du bist ja nun volljährig", rief er aufgebracht. „Such dir eine andere Bleibe und schlag den Weg deiner Mutter ein – du bist ohnehin auf dem besten Weg dazu."

Loni schnellte ruckartig herum. „Hast du mich jetzt genug ausgebeutet für ein Taschengeld?“ schleuderte sie ihm entgegen. „Fällt es dir nun leicht, mir die Tür zu weisen, nachdem ich nicht mehr willens bin, deine schikanöse Erziehungsgewalt widerspruchslos hinzunehmen?“ Ihr Lippen zitterten vor Zorn und Verachtung. „Das Zusammenleben mit dir wird unerträglich, und ich komme dir gern entgegen, wenn dir so daran gelegen ist, mich aus dem Haus zu haben. – Morgen früh bist du mich los, und nichts erinnert dich mehr an deinen Fehltritt.“

Der Bruckhofer unternahm bewußt keinen Versuch, den raschen Entschluß rückgängig zu machen. Was sollte ihn veranlassen, das aufmüpfige Mädchen, das ihm längst lästig geworden war, am Weggehen zu hindern. Wenn sie freiwillig das Feld räumte, gab es kein Aufsehen in Tannried.

„Ich halte dich nicht auf, und im Dorf wird dir auch niemand nachtrauern, außer deinen leichtfertigen Liebhabern“, verlieh er seiner Genugtuung Nachdruck.

„Ich lege auch gar keinen Wert darauf, ob mich die Hinterwälder in guter Erinnerung behalten. Ich bin hier immer eine Fremde gewesen, und dir war am meisten daran gelegen, daß ich mich in diesem Kuhdorf niemals heimisch fühle“, bemerkte sie abfällig, verließ erhobenen

Hauptes die Stube und warf hinter sich die Tür ins Schloß.

Der Bruckhofer ließ es dabei bewenden und verzichtete darauf, das angehende Flittchen mit einer neuen Rüge zurechtzuweisen. Morgen würde er sie endlich los sein, und die unleidige Angelegenheit war für immer ausgestanden.

Loni blieb bei ihrem festen Vorsatz, packte am nächsten Morgen ihre persönliche Habe in einen Pappkoffer und verabschiedete sich in der Küche flüchtig von ihrer Pflegemutter.

Die Bruckhoferin wischte sich die Hände an der Schürze trocken. „Willst du also wirklich gehen? – Was es denn gar nicht mehr auszuhalten bei uns?" salbaderte sie.

Loni wollte sich nicht in Einzelheiten verlieren. „Lassen wir das, es ist besser so", sagte sie oberflächlich. „Du warst ohnehin die einzige, die ein gutes Wort für mich übrig hatte."

„Über fünfzehn Jahre warst du bei uns. Und jetzt versuchst du plötzlich deinen eigenen Weg zu gehen", wurde sie sentimental. „Hast du denn schon einen anderen Platz?"

Das Mädchen ließ die Frage offen.

„Ich finde schon was passendes." Die Bruckhoferin kramte im Küchenschrank in einer Blechdose und steckte Loni einen größeren

Geldschein zu. „Paß gut auf dich auf, Dirndl, und laß von dir hören, wenn du irgendwo untergekommen bist", ermahnte sie die Pflegetochter und ging mit ihr bis zur Hofeinfahrt.

Der Bruckhofer wußte es so einzurichten, daß er Loni nicht begegnete – er wollte sich nicht erneut mit dem Mädchen anlegen und war heilfroh, daß alles so einen befriedigenden Abschluß gefunden hatte.

Loni mied das Dorf und schlug unten an der Kapelle den kürzesten Weg ein, der zum Bahnhof führte.

Etwas außerhalb von Tannried sah sie den Andreas, der ihren Aufenthalt auf dem Hof so leidlich akzeptiert hatte, den ältesten Sohn des Bruckhofers, mit dem Traktor auf dem Feld herumtuckern. Der Bursch winkte ihr freundlich zu, bis ihre Gestalt hinter einem Waldstück verschwand.

Loni schritt zügig voran, um der Landwirtschaft für immer den Rücken zu kehren. Kurz darauf überholte sie der Milchwagen. Der Fahrer erkannte das Mädchen sofort. Er hielt an und hieß es einsteigen. Der Fröschl sah ihren Koffer und zog daraus seine Schlüsse. „Gefällt es dir nicht mehr in Tannried?" mutmaßte er und grinste hintergründig.

„Es gibt Schöneres, als Kühe zu melken und den Stall auszumisten", erwiderte sie ausweichend.

„Noch dazu, wenn man so aussieht wie du", schmeichelte er. „In deinem Alter versauert man in so einem Nest. – Wo willst du denn hin?"

„Zum Bahnhof, aber ich glaube, der Zug nach München fährt erst in zwei Stunden."

Der Fröschl mußte ihr recht geben. „Die Verbindung ist schlecht, und du mußt zweimal umsteigen. Da ist besser du fährst mit mir bis zur Molkerei, gehst dann noch einen Kilometer bis zur Autobahn und versuchst per Anhalter weiterzukommen."

Loni ging gerne darauf ein. Es kam ihren Barmitteln sehr zugute, wenn sie keine teure Fahrkarte lösen mußte.

Das Mädchen brauchte auf dem Parkplatz nicht lange zu warten. Der freundliche Fahrer eines Kleinlasters hatte nichts gegen hübsche Anhalterinnen und öffnete die Seitentür.

Der Lenker des Transporters bemühte sich vergeblich, ein unterhaltsames Gespräch in Gang zu bringen, das Mädchen zeigte sich nicht sehr redselig.

Verträumte Ortschaften lagen verstreut in der Landschaft, Bäume huschten vorbei. Ein schmaler Bach schlängelte sich durch saftige Wiesen und verlor sich dann rasch in der Ferne.

Für einen Augenblick erkannte Loni, daß sie doch ein Stückchen Heimat hinter sich gelassen hatte – aber dann hielt sie ihren Blick starr auf die Fahrbahn gerichtet, die sie einer ungewissen Zukunft näherbrachte.

*

Die Tannen warfen schon lange Schatten, als Andreas an der hölzernen Brücke am Reischenbach auf die Sägemüllerstochter wartete.

Andreas war der erstgeborene Sohn des Bruckhofers; sein jüngerer Bruder Martin besuchte schon seit Jahren im vierzig Kilometer entfernten Hallstetten das Gymnasium, um endlich das Abitur zu erreichen, das ihm später einmal als Verwalter nützlich sein sollte.

Der Bursch lehnte sich auf das morsche Geländer und hielt nach Forellen Ausschau, die im klaren Wasser bewegungslos hinter Steinen auf Nahrung lauerten.

Andreas mochte etwa zwanzig Jahre zählen und hatte ein markantes, scharfgeschnittenes Gesicht, das ein gepflegter Lippenbart zierte. Sein sanftmütiger Blick wirkte manchmal etwas nachdenklich, was aber sein keckes Lachen rasch wieder verdrängte.

Gedämpfte Schritte rissen ihn aus seinen Betrachtungen, dann sah er im Abendlicht das Mädchen den Hohlweg heraufkommen.

Ihr Gang mutete etwas unsicher an, das linke Bein schlurfte kaum merklich auf dem Sandboden.

Andreas warf den Zigarettenstummel in das Wasser, kam ihr entgegen und nahm sie in seine

Arme. Es war mehr als flüchtige Zuneigung, die ihn seit einem Jahr mit diesem Mädchen verband. Doch diese heimliche Romanze wurde jäh unterbrochen, als eine heimtückische Krankheit die Sägemüllerstochter befiel, die einen längeren Krankenhausaufenthalt notwendig machte.

Ihre blauen Augen mit den seltsam dunklen Pupillen sahen ihn sehnsuchtsvoll an. „Du hast mir in all den Wochen gefehlt", flüsterte sie zärtlich.

„Ich hab dich noch mehr vermißt, Martha", bekannte er aufrichtig. „Dein Foto hat mich etwas hinweggetröstet, wenn mich das Heimweh befiel", sagte sie leise und bot ihm ihren Mund.

Das hübsche Gesicht des Mädchens erschien noch blasser, als das letzte Rot im Himmel verdämmerte. Ganz in der Nähe zirpte eine Grille.

„Jetzt sind wir uns wieder immer nahe", meinte er aufmunternd und strich über ihr weiches Haar.

Schweigend schritten sie eine Weile das Bachufer entlang und lauschten dem gemeinsamen Schlag ihrer Herzen. Ein lauer Wind zog von den nahen Bergen herüber und ließ die Blätter in den Baumkronen aufrauschen. Wie tiefes Atemholen war es, dann wieder Stille. Nur das monotone Plätschern des Wassers mischte sich in das nächtliche Schweigen.

„Geht es dir jetzt wieder besser?“ fragte er ganz zwanglos.

Martha nickte und drückte seine Hand fester. „Die Ärzte sind sehr zuversichtlich und glauben, daß ich die Krise überstanden habe. Ich muß mich nur noch etwas schonen.“

„Dann gehen wir eben nicht zusammen zum Maitanz. Wir werden noch öfter dazu Gelegenheit haben. Die Hauptsache ist, daß wir wieder beisammen sein können“, überging er seine voreilige Absicht.

Drüben in den Almwiesen bimmelte eine Rinderglocke, und in der Tiefe des Waldes schrie ein kleiner Vogel im Traum.

Die Sägemüllerstochter spürte seinen heißen Atem, wenn sein Mund über ihre Lippen zärtelte. Sie erwiderte seine ungestüme Leidenschaft; die lange Trennung machte sie willensschwach und nachgiebig.

Die Turmuhr kündete die zehnte Abendstunde an, als sie sich langsam dem Dorf näherten. Unruhig flackerten die Sterne am Nachthimmel.

„Ich werde gelegentlich mit meinem Vater reden. Ich will nicht, daß wir uns immer heimlich treffen müssen“, brach Andreas das Schweigen. „Dein Vater wird wohl auch nicht gerade begeistert sein über unsere Verbindung“, mußte er annehmen. „Aber was können wir dafür, wenn sich beide nicht ausstehen können?“

Martha nickte zustimmend, zeigte sich aber optimistischer. „Meine Eltern werde ich schon noch überzeugen, und dein Vater muß halt auch ein Einsehen haben, wenn er merkt, daß uns nichts mehr trennen kann.“

„Hoffentlich? – Das Versteckspielen bin ich allmählich leid“, gab Andreas dem Gespräch einen tröstlichen Abschluß.

Irgendwo schlug ein Hund an. Sie waren mittlerweile an der Sägemühle angelangt. Ihre Blicke trafen sich und hielten einander fest.

Andreas zog sie nochmals behutsam an sich. „Gute Nacht, Martha, träum' was Schönes“, hauchte er ihr ins Ohr und sah dem Mädchen sehnsuchtsvoll nach, bis es in der Dunkelheit verschwand.

Die Fenster am Bruckhof waren schon dunkel, als er sich dem elterlichen Anwesen näherte. Leise stieg Andreas die Treppe hoch, die zu seiner Kammer führte. Aber er fühlte keine Müdigkeit aufkommen. Wie benommen trat er ans Fenster, und seine Augen suchten den Weg durch die Dunkelheit, wo die Sägemühle stehen mußte.

*

Auch der Bruckhofer fand an diesem Abend keinen Schlaf. Schon den ganzen Tag über verfolgte ihn ein ungeheurer Gedanke und ließ ihn nicht mehr los. Der Plan faszinierte ihn, und jeder Versuch, das Vorhaben wieder abzuschütteln, schlug fehl an seiner Hartnäckigkeit. Selbst die vielen Mehrkosten, die auf ihn zukommen würden, vermochten ihn nicht mehr von dieser Idee abzubringen: Martin, sein jüngerer Sohn, mußte Geistlicher werden! Das viele Schulgeld, das er aufzubringen bereit war, um dem Buben später nur die Tätigkeit eines Verwalters zu ermöglichen, erschien dem Alten ohnehin zu hoch. – Wenn Martin nach dem Abitur die Theologielaufbahn einschlug, hatte sich das Studium wenigstens gelohnt, auch wenn bei den dürftigen schulischen Leistungen keine Subventionen zu erwarten waren und er die ganzen Semester allein finanzieren mußte.

Ob auch seine bessere Hälfte damit einverstanden war, erschien ihm nicht maßgebend; Entscheidungen solcher Art pflegte er immer allein zu treffen. Außerdem hatte er von seiner

Frau keine Einwände zu befürchten. Die Barbara war eine eifrige Kirchgängerin und würde mit religiöser Ergriffenheit dem bedeutungsvollen Tag entgegensehen, an dem ihr jüngerer Sohn die Priesterweihe erfahren durfte. Auch die Tannrieder mußten sich glücklich schätzen, wenn einer aus ihrer Mitte einmal dazu berufen war, Segen zu spenden und die Absolution zu erteilen.

Hinzu kam noch das Geltungsbedürfnis des Bruckhofers, das mit diesem Entschluß sein Ansehen gewaltig steigerte. Gewiß, er hatte keine eigentlichen Feinde in Tannried, aber versteckte Mißgunst gab es überall – und gerade solchen Neidern wollte er Respekt abverlangen.

*

Schon am darauffolgenden späten Nachmittag sollte der Bruckhofer Gelegenheit finden, den Dorfgeistlichen an seinen bedeutungsvollen Plänen teilhaben zu lassen.

Pfarrer Heimerl hatte einen Krankenbesuch hinter sich, und man hätte es ihm bestimmt übelgenommen, nicht die Gelegenheit wahrzunehmen, dem Bruckhof-Anwesen einen kurzen Besuch abzustatten.

Die Bruckhoferin rückt eilfertig einen Stuhl zurecht. „Nehmen S' doch Platz, Hochwürden. Das ehrt uns aber, daß Sie wieder einmal bei uns vorbeischauen. – Sie waren bestimmt bei der kranken Haslbäuerin drüben?" folgerte sie ohne Neugierde.

Der Seelsorger bestätigte es. „Ja, sie hat nach meinem Beistand verlangt. Ihr Zustand ist leider sehr ernst."

„Die Ursula kränkelt ja schon seit Monaten, aber für jeden läuft halt die Zeit einmal ab", fügte die Barbara aufseufzend hinzu und setzte sich ebenfalls.

Der Bruckhofer wollte sich der Teilnahme nicht verschließen. „Unser Herrgott wird schon wissen, wann er einen zu sich holt", meinte er salbungsvoll, wandte sich dann aber wieder weltlichen Genüssen zu.

„Sie trinken doch ein Glas Kirschwasser mit?" fragte er gastfreundlich und schickte sich an, die Flasche zu holen, doch der Besucher winkte höflich ab.

„Nein, danke. – Ich bin zwar einem guten Tropfen selten abgeneigt, aber nicht um diese frühe Stunde."

Der Bruckhofer zeigte Verständnis und lächelte verbindlich.

„Der Weizen steht gut in diesem Jahr", bekundete der Würdenträger seine agrarischen Kenntnisse.

Sein Gegenüber nickte pflichtschuldig. „Hoffentlich bleibt das Wetter so zufriedenstellend. Im vergangenen Sommer hat uns der Hagel zu schaffen gemacht."

Seine Frau erinnerte sich an ihre Pflichten. „Sie werden schon entschuldigen, Hochwürden, aber ich habe im Stall zu tun. Seit die Loni fort ist, bleibt alles an mir hängen", gab sie zu verstehen und entfernte sich.

Pfarrer Heimerl vermied es bewußt, das unleidige Thema zu erwähnen. Ihm waren die familiären Verhältnisse nicht unbekannt geblieben, doch er wollte zu diesem unerfreulichen Vorkommnis nicht unbedingt seine Menung beisteuern.

Der Bruckhofer hatte fast damit gerechnet und sah nun die Möglichkeit, den Geistlichen in seine Absicht einzuweihen. Er räusperte sich umständlich, überzeugte sich, ob die Tür zur Küche eingeklinkt war, und gab schließlich sein Geheimnis preis.

„Weil es sich gerade so ergibt, wollte ich gerne Ihre Meinung hören, Herr Pfarrer. – Ich habe mich dazu entschlossen, den Martin nach dem Abitur im Priesterseminar unterzubringen."

„Und was sagt Ihr Sohn dazu?" erkundigte sich der Geistliche erstaunt.

Der Bruckhofer hatte mehr Begeisterung erwartet. „Ich hab' mit dem Buben noch nicht darüber gesprochen. Er erfährt es noch früh genug, wenn die Pfingstferien beginnen."

Der Besucher lächelte nachsichtig. „Ach, Sie setzen sein Einverständnis also kategorisch voraus, nur weil Sie dieser grandiose Gedanke beflügelt – aus welchen Gründen auch immer – hat, eine gute Tat vollbringen zu müssen."

Der Bruckhofer fühlte sofort, daß der Seelsorger seinem Vorhaben nicht sehr zugetan war. „An Gutsverwaltern wird es kaum Mangel geben, aber der Priesterstand hat Nachwuchssorgen, habe ich irgendwo gelesen", motivierte er seinen Entschluß.

„Und allein aus dieser Überlegung heraus wollen Sie die Zukunft Ihres Sohnes so einschneidend bestimmen?"

„Besonders wohlwollend scheinen Sie meine Absicht nicht zu bewerten", bemerkte er beinahe gekränkt.

„Weil dem Herrgott nicht gedient ist mit einem Geistlichen, dem alle Voraussetzungen fehlen, ein wirklicher Diener Gottes zu werden."

Der Bruckhofer machte eine abwertende Handbewegung. „Das kann er doch alles lernen im Seminar", beharrte er uneinsichtig.

Die sanfte Stimme des Besuchers wurde eindringlicher. „Ich muß Sie berichtigen, Bruckhofer, die Berufung läßt sich nicht erlernen. Die Liebe zu diesem Beruf muß man mitbringen, noch bevor man anfängt, diesen entsagungsvollen Weg zu beschreiten. – Gewiß, es ist eine schöne Aufgabe, den Menschen Glauben zu lehren, Abtrünnige wieder auf die rechte Bahn zu führen und Sündige vom Pfad des Lasters zu verdrängen. Aber dieses Leben verbirgt auch Opfer, Geduld und Verzicht. Und es steht zu befürchten, daß Ihrem Martin all diese Voraussetzungen fehlen, um den Aufgaben eines Priesters gerecht zu werden."

„Wenn er sich erst einmal dieser heiligen Aufgabe bewußt geworden ist, dann kommen die nötigen Voraussetzungen dazu von ganz allein", setzte der Bauer eigensinnig entgegen.

„Nein", widersprach der Geistliche entschieden. „Martin ist zu sehr naturverbunden, liebt die Scholle und quält sich vermutlich schon seit Jahren im Gymnasium – nur weil Sie ihm Ihren

Willen aufgezwungen haben. Der Bub hatte doch schon früher in der Grundschule seine Schwierigkeiten."

„Im Lesen und im Schreiben war er immer ganz gut", wagte der Bruckhofer einzuwenden.

„Nein, ich habe weder viel Talent, noch einen eifrigen Lerntrieb an ihm bemerken können. – Verbauen Sie Ihrem Sohn nicht die Zukunft, und machen Sie ihn nicht unglücklich. – Gott zum Gruß, Bruckhofer, und nichts für ungut."

Der Alte hörte wie sich die Schritte des Pfarrers draußen irgendwo im Hof verloren, und sah keine Veranlassung, den eindringlichen Ratschlägen viel Aufmerksamkeit zu widmen.

Er trat ans Fenster, sah den Geistlichen den schmalen Schotterweg hinabsteigen, der zur Dorfstraße führte, und ertappte sich dabei argwöhnisch bei dem Gedanken, der Pfarrer gönne ihm nicht die Ehre, die auch ihm in einigen Jahren bei der Primiz seines Buben zuteil werde. Seine Mundwinkel bogen sich zu einem trotzigen Lächeln herab.

„Das werden wir ja sehen", sprach er halblaut vor sich hin. Jawohl, platzen sollten sie alle im Dorf, die Neidhammel, die ihm nicht gut gesonnen waren.

*

Es ging schon auf Mittag zu, als der Kombi am Stadtrand von München in einem Industriegebiet anhielt. „Jetzt muß ich Sie leider absetzen, meine Fahrt endet hier", bedauerte der freundliche Fahrer und reichte dem Mädchen den Koffer. „Hoffentlich finden Sie sich zurecht? – Sie werden bestimmt erwartet?"

„Genau", erwiderte Loni prompt, aber ihre Unsicherheit ließ ihre Worte Lügen strafen. Das Mädchen erinnerte sich zwar während der Fahrt an eine ältere Familie, die vor einigen Jahren den Urlaub auf dem Bruckhof verbrachte. Besonders mit der bescheidenen Frau hatte sie sich gut verstanden, die auch Entgegenkommen anbot, falls das ausgebeutete Mädchen einmal die Absicht verspüren sollte, in der Großstadt Schritt zu fassen.

Loni entsann sich sogar noch des Namens, und den Stadtteil nebst Straße hatte sie ebenfalls in flüchtiger Erinnerung.

„Ich möchte nach Haidhausen. Ist das weit von hier?" fragte sie mit kühnem Entschluß.

Der Mann verneinte und zeigte in eine Richtung. „Wenn Sie da vorne an der gelben Fassade links abbiegen, kommen Sie zur Straßenbahn-Endhaltestelle. Der Schaffner wird Ihnen bestimmt behilflich sein, wenn Sie ihm die Straße nennen."

Loni bedankte sich und schlug die Richtung ein, die zur Haltestelle führte. Aber sie scheute sich plötzlich, das Verkehrsmittel zu benutzen, und verzichtete darauf, sich lächerlich zu machen, zumal sie die automatischen Türen verunsicherten. Auch verspürte sie den unwiderstehlichen Drang, die großen Schaufenster zu betrachten, und so zog sie es vor, die Strecke zu Fuß zurückzulegen.

Den Ampelanlagen mußte sich Loni erst anpassen, deshalb schloß sie sich stets anderen Passanten an, wenn es galt, eine Straße zu überqueren.

Der gewaltige Verkehrsstrom, der nicht abebben wollte, war ihr bislang fremd geblieben, auch wenn sie vor etlichen Jahren mit einem Reisebus das Oktoberfest besuchen durfte.

So beschränkten sich ihre Kenntnisse nur von Straßenszenen aus Fernsehfilmen, die sie aber auch nicht beliebig betrachten konnte, weil die Bruckhoferin dem allzuoft freizügigen Fernsehprogramm meist abgeneigt war und der Bruckhofer ohnehin politische Magazinsendungen bevorzugte.

Manchmal blieb das Mädchen minutenlang stehen, bestaunte die hauchdünnen Dessous, erfreute sich am Anblick schicker Modellkleider und konnte sich nicht sattsehen an der Vielfalt kostbarer Nerz- und Zobelmäntel.

Auf der Fahrbahn schwoll der Straßenlärm an, denn in den Fabriken war Arbeitsschluß. Immer mehr Passanten bevölkerten die Gehsteige, drängten in überfüllte Busse oder verschwanden in U-Bahntreppen.

Loni hatte die innerstädtischen Streckenabschnitte unterschätzt, der Weg wollte kein Ende nehmen. Sie begegnete orientalisch anmutenden Frauen mit langen Hosen unter den Röcken, mit bunten Kopftüchern und kreischenden Kindern, deren fremde Sprache sie nicht zu verstehen vermochte. Aus den offenen Fenstern drang der Rhythmus einer seltsam exotischen Musik.

Loni trottete verdrossen weiter. Der Koffer begann ihr lästig zu werden, die Füße schmerzten vom Asphalt.

Allmählich erhellten sich die Schaufenster im Neonlicht, Straßenlampen flammten auf, bizarre Lichtreklamen flackerten.

Es gibt nichts Trostloseres, als in einer fremden, unbekannten Gegend zu sein, wenn die

Dämmerung hereinbricht. Loni fühlte plötzlich ein Gefühl der Verlassenheit aufkommen. Sie kam sich vor wie ein kleines Mädchen, das die Orientierung verloren hat und den Weg nach Hause nicht mehr finden kann.

In ihrer Hilflosigkeit vertraute sie sich einem älteren Mann an, der seinen Hund spazieren führte.

„Entschuldigung, können Sie mir sagen, wo ich die Nymphenburger Straße finden kann.?"

Der alte Mann sah sie mitleidig an. „Hier in Haidhausen gib es keine Straße gleichen Namens." Der Rentner musterte das Mädchen flüchtig; es war nicht schwer zu erraten, daß die Fremde geradewegs aus der Provinz kommen mußte. „Vermutlich haben Sie den Stadtteil verwechselt. In Neuhausen ist mir die Straße bekannt, weil da meine Schwester wohnt, aber das liegt ganz entgegengesetzt."

„Und wie komme ich dahin?" fragte sie zerknirscht.

Der Mann beobachtete seinen Hund, ob es mit der Verdauung geklappt hatte, ehe er antwortete. „Das ist umständlich zu erklären, weil sie zweimal umsteigen müssen. Und ohne Verkehrsmittel ist es zu weit, noch dazu mit Ihrem Koffer."

Nein, Loni wollte den beschwerlichen Fußmarsch heute nicht mehr fortsetzen; wie sah es auch aus, wenn sie spätabends, als hilfloser Gast, unangemeldet an einer fremden Klingel läutete. Da war es schon besser, den Besuch auf morgen zu verschieben, zumal sie ihr Magen erinnerte, daß sie seit dem kargen Frühstück nichts mehr zu sich genommen hatte.

Das Mädchen ging noch einige Häuser weiter und bog dann unschlüssig in eine Seitenstraße ein. Vor einer kleinen Gaststätte blieb Loni stehen und wagte einen Blick in die düstere Wirtsstube, weil an den Fenstern die Vorhänge noch nicht zugezogen waren. Die Einrichtung zeigte keinen Luxus, was auf erschwingliche Preise schließen ließ.

Nach kurzem Zögern nahm sie den Koffer wieder auf und betrat den nur mäßig besetzten Gastraum.

Einige Männer huldigten lautstark dem Kartenspiel. In der Ecke neben dem Tresen lärmte eine Musikbox. Loni wählte einen abseits gelegenen Tisch und sah sich unsicher in der rauchigen Stube um.

Bald darauf näherte sich die Wirtin. Sie hatte einen Blick für hungrige Gäste und brachte gleich die Speisekarte mit.

Die Auswahl war nicht überwältigend, zumal die Inhaberin bedauernd erklärte, daß Gulasch und saure Nieren leider ausgegangen seien.

Aber Loni gelüstete weder nach Leber- und Blutwürsten, noch nach Omelett, deshalb entschied sie sich für warmen Leberkäs mit Ei und bestellte eine Cola.

Nachdem die Wirtin das Getränk am Tisch abgestellt hatte, fand Loni ausreichend Zeit, die Stellenangebote in der zerknitterten Tageszeitung zu studieren, doch von den ausgeschriebenen Angeboten kam keines in Betracht, weil sie Lohnbuchhaltung und Labortätigkeit nur vom Hörensagen kannte.

Die Suche nach versierten Zahnarzthelferinnen, erfahrenem Büropersonal mit entsprechenden Referenzen und examinierten Krankenschwestern füllte annähernd zwei Seiten, aber Loni hatte nur gelernt, Kühe zu melken, Mist zu breiten und die Stallung sauberzuhalten – diese Fähigkeiten waren in den Annoncen allerdings nicht gefragt. Das Mädchen verspürte auch keine Sehnsucht nach Landluft und vertraute auf die Ratschläge jenes weiblichen Logiergastes, der ihr bestimmt verhelfen würde, irgendwo unterzukommen, wo ihre Kenntnisse nicht von Belang waren.

In der Küche brutzelte Fett in der Pfanne. Die Männer in der Ecke klopften grölend die Spielkarten auf die Tischplatte und nahmen von dem einsamen Gast kaum Notiz.

Nachdem Loni dem Verlangen ihres Magens Genüge getan und die kleine Zeche beglichen hatte, erkundigte sie sich nach einer Übernachtungsmöglichkeit.

Die Wirtin fixierte das Mädchen flüchtig. „Wir haben zwei bescheidene Fremdenzimmer, aber Sie werden ja keine großen Ansprüche stellen“, folgerte sie unverblümt.

Loni akzeptierte den Zimmerpreis und ließ sich von der Wirtin die Unterkunft zeigen, in der kaum etwas von Komfort zu spüren war.

Das Mädchen zog die Vorhänge zurück und öffnete das Fenster.

Draußen war vollends die Nacht hereingebrochen. Der Lärm des Tages verstummte, nur vereinzelt kreuzten noch Autos die Straße. Ein Betrunkener torkelte den Bürgersteig entlang, irgendwo klingelte eine Straßenbahn.

Eigentlich hatte sich Loni vorgenommen, richtig auszuschlafen, aber der tägliche Trott zu Hause, wo man sie schon um fünf Uhr aus den Federn trieb, machten diesen Vorsatz schnell zunichte. Auch die Geräusche aus dem geöffneten Fenster klangen anders. Das Abfahren eines schweren Linienbusses dicht am Haus dröhnte lauter als ein Traktor, der gemächlich auf einem Feld tuckerte. Die hastenden Schritte der Menschen, die zur ihrer Arbeitsstätte drängten, erschienen ihr lärmender als die gewohnten Stallgeräusche um diese Stunde.

Loni ließ noch eine Stunde verstreichen, wusch sich, kleidete sich an und ging schließlich nach unten, wo man ihr das dürftige Frühstück vorsetzte.

Eine halbe Stunde später stand sie auf der belebten Straße. Es begann zu regnen. So verwarf sie schnell die Absicht, den Weg nach Neuhausen erneut zu Fuß zurückzulegen, und hielt ein Taxi an.

Die Fahrt dauerte nicht lange, nur der Fahrpreis schmälerte zusätzlich ihre Reisekasse.

Loni verließ das schnelle Gefährt und hielt nach der Hausnummer Ausschau, die ihr in Erinnerung geblieben war.

Im Treppenhaus roch es nach angebrannter Milch. Im zweiten Stockwerk las sie das Namensschild; ‚Bräuer' stand auf dem blanken Messingschild. Loni fühlte, wie sie plötzlich der

Mut verließ, drückte aber dann doch entschlossen auf den Klingelknopf.

Drinnen wurden schlurfende Schritte laut, dann öffnete sich zögernd die Tür. Eine ältere Frau blickte sie fragend an.

Loni erklärte rasch die Situation und brachte das Anerbieten der Frau in Erinnerung.

Frau Bräuer entsann sich des Mädchens und hieß es eintreten. „Es erstaunt mich nicht, daß Sie ihrer Tätigkeit überdrüssig geworden sind. Man hat Sie dort auch mächtig rangenommen, wie ich mich damals überzeugen konnte", stellte sie wohlwollend fest und bot im Wohnzimmer einen Stuhl an. „Mein Mann ist voriges Jahr plötzlich verstorben."

„Das tut mir leid", fühlte sich Loni bemüßigt, ihr Mitgefühl auszudrücken.

Die Wohnungsinhaberin seufzte. „Sein Herz machte ihm zu schaffen, es ging ganz schnell. – Nun muß ich sehen, wie ich mit der bescheidenen Rente zurechtkomme", klagte sie, um diskret anzudeuten, daß von ihr keine finanzielle Hilfe zu erwarten war, und kam dann auf die Anwesenheit des Mädchens zu sprechen.

„Und jetzt sind Sie allein und mittellos in einer fremden Stadt und versuchen, ein Unterkommen zu finden?“ deutete die Frau die plötzliche Gegenwart der Besucherin.

„Weil Sie damals erwähnten, Sie würden sich gegebenenfalls dafür verwenden, mir behilflich zu sein“, wagte Loni einzuwenden.

„Ist ja gut, Kindchen, ich muß nur überlegen“. Sie schien nachzudenken und entsann sich des Wehklagens ihrer Metzgerin, die mit den Leistungen ihrer Hausangestellten gar nicht mehr zufrieden war. „Ich glaube, ich kann Ihnen weiterhelfen“, berührte Frau Bräuer das eigentliche Thema.

Loni zeigte sich dankbar. „Ich scheue mich vor keiner Arbeit“, versicherte sie glaubwürdig.

„Daran zweifle ich nicht, ich werde mich schon für Sie ins Zeug legen. – Also, meine Fleischerin sucht eine geeignete Person für den Haushalt. Das wäre doch etwas für Sie?“

Loni konnte sich ihren neuen Wirkungsbereich nicht auswählen, und in Ermangelung eines angenehmeren Betätigungsfeldes sah sich das Mädchen genötigt, die uneigennützige Hilfe der Frau in Anspruch zu nehmen.

Es war nicht weit zu gehen. Bei der Bäckerei überquerten sie an der Ecke die Fahrbahn, passierten das Schuhgeschäft, bogen in eine Seitenstraße ein und befanden sich schließlich vor der Metzgerei.

Das vierstöckige Mietshaus war ein gepflegter Altbau mit einer verschnörkelten Hausfassade.

Als sie den Laden betraten, bediente die Metzgersgattin gerade eine Kundin. Sie stapelte die einzelnen Wurstscheiben auf das Pergamentpapier und zeigte ihr verbindlichstes Lächeln.

„Darf es sonst noch etwas sein, Frau Höllriegl?“

Die Frau des Bauunternehmers sah sich unschlüssig um. Ihr prüfender Blick streifte die einzelnen Wurstsorten, glitt über die appetitlichen Glasschüsseln mit Mayonnaise und Wurstsalat, wanderte vorbei an der delikaten Kalbsleberwurst und blieb schließlich an einem rosig-saftigen Stück Räucherschinken haften. Ihre rotlackierten Fingernägel zeigten auf die Glasscheibe, hinter der die magere Schweinekeule lag.

„Packen Sie davon noch zweihundert Gramm hinzu“, entschied sie sich endlich.

Die Metzgerin wog das gewünschte Stück ab, wickelte es säuberlich ein und kassierte. Sie wünschte eine gute Besserung, weil Frau Höllriegl sich angeblich etwas unpäßlich fühlte, vergaß nicht die Floskel, sie wieder zu beehren, und komplimentierte die angesehene Geschäftsfrau hinaus.

Die Stimme der Metzgerin klang nicht mehr so unterwürfig, als sie sich der nächsten Kundin zuwandte, die meist nur kleine Mengen von der billigsten Sorte zu kaufen pflegte.

„Wieder ein viertel Pfund schwarzen Preßsack wie immer?" fragte sie weniger entgegenkommend.

Frau Bräuer verlangte die gleiche Menge Cervelatwurst, um die Fleischersgattin wohlwollender zu stimmen.

„Soll es sonst noch was sein?"

Die Kundin verneinte und kam gleich zur Sache.

„Frau Pröbstl, Sie erwähnten unlängst, daß Ihre Hausgehilfin es vorgezogen hat, selbst zu kündigen."

Ihr Gegenüber hatte nicht die Absicht, es zu leugnen. „Na und?" fragte sie unnahbar.

„Wenn Sie noch keine weitere Entscheidung getroffen haben, könnte ich Ihnen ein fleißiges Mädchen empfehlen."

Loni kam sich sehr lächerlich vor, als sie sich zu einem zaghaften Knicks erniedrigte.

Frau Pröbstl betrachtete die Person abschätzend. „Haben sie Papiere?"

Lonis Begleiterin ließ vorsichtig Einzelheiten durchblicken, die die Herkunft des Mädchens betrafen.

„Dann werden Sie wohl kaum mit großen Kochkünsten aufwarten können?“ folgerte die Metzgerin sofort.

„Natürlich ist sie nicht perfekt“, nahm Frau Bräuer dem Mädchen die Antwort ab. „Aber das Dirndl ist willig und versteht tüchtig anzupakken“, sekundierte sie eifrig.

Frau Pröbstl zeigte sich nicht grundsätzlich abgeneigt, erkannte die Zwangslage der Landflüchtigen und sah ausreichend Gelegenheit, das Gehalt zu schmälern.

„Nun, es gibt bei uns noch genügend andere Arbeiten im Haus, und was Ihnen nicht geläufig ist, können Sie sich bei mir so allmählich aneignen.“

Loni lächelte ergeben. „Ich werde mir die größte Mühe geben.“

„Das Mädchen ist tüchtig und zuverlässig“, rühmte Frau Bräuer. „Sie werden es nicht bereuen.“

„Nun, ich will es mit Ihnen versuchen, Fräulein . . .?“

„Holzner. – Apollonia Holzner“, nannte Loni ihren Namen.

„Also, auf gute Zusammenarbeit, Fräulein Holzner. Ihre Vorgängerin kann Sie einweisen, bis zu ihrem Austritt. Bis dahin müssen Sie allerdings mit der Dachkammer vorliebnehmen. Ich behalte mir jedoch eine vierwöchige Probezeit vor. Haben Sie noch Fragen?"

Loni fühlte sich zu überrumpelt, um nach Einzelheiten zu fragen, was die Metzgersfrau als Schüchternheit deutete.

„Ich werde Sie also zunächst mit Ihrer Kollegin bekanntmachen", ließ sie wieder vernehmen, öffnete die Tür, die zum Schlachthaus führte und rief laut nach ihrer Hausgehilfin.

Aber das Mädchen schien den Befehlston zu ignorieren. Erst als die Pröpstlin zwischenzeitlich eine andere Kundin abgefertigt hatte und abermals nach der Lisbeth verlangte, zeigte sich die Bedienstete gesonnen, der Aufforderung Folge zu leisten, und erschien mißgelaunt im Laden.

„Was ist denn?" maulte sie bockig.

Frau Pröpstl verzichtete darauf, das störrische Mädchen zur Ordnung zu rufen, und deutete auf die Neue. „Das ist Ihre Nachfolgerin", bedeutete sie ungnädig. „Zeigen Sie ihr die Dachkammer, und lernen Sie Ihre Kollegin etwas an, bis sie sich im Haus zurechtfindet."

Frau Bräuer bedankte sich überschwenglich für das Entgegenkommen, als die beiden Mädchen den Laden verließen.

„Du tust mir jetzt schon leid", feixte die etwas ältere Hausgehilfin, während sie mit der Neuen vier endlos lange Treppen hochstieg.

„Warum – ist es so schlecht hier?" forschte Loni.

„Da wirst du bald selber draufkommen", echote die andere. „Ich bin jetzt acht Monate da, und viel länger wirst du es wohl auch nicht aushalten."

„Die Frau ist recht herrisch, was?"

„Und wie! Mit der Alten ist nicht auszukommen. In diesem Haus hat allein sie das Sagen."

„Und der Mann?"

„Der hat nichts zu melden", klärte sie die Kollegin auf. „Der Chef ist viel zu nachsichtig und geht jedem Streit aus dem Weg. Er will seine Ruhe haben und hat nur seinen Pferdesport im Kopf."

Lisbeth öffnete eine schmale Tür, die zur winzigen Dachkammer führte, in der gerade ein Bett knapp Platz fand.

Loni zeigte sich nicht eingeschüchtert. Arbeiten war ihr nicht fremd und die Behandlung konnte kaum schlechter sein als in Tannried, wo ein mürrischer Pflegevater ständig an ihr herummäkelte. Zunächst hatte sie erst mal eine Bleibe gefunden – vielleicht ergab sich zu einem späteren Zeitpunkt Gelegenheit, sich zu verbessern?

*

Es war viel zu heiß für die Jahreszeit. Schon seit Wochen hatte es nicht mehr geregnet, und die trockene Luft, die tagsüber glasig über den Wiesen flimmerte, ließ die Felder ausdörren.

Mit feierlichem Hall läuteten die Glocken von Tannried diesen sommerlichen Pfingstsonntag ein.

Unter den Kirchgängern befand sich heute auch Martin, der jüngere Sohn des Bruckhofers, der wegen der Ferien zwei Wochen zu Hause verbringen durfte. Seit seiner Ankunft am Freitag war sein melancholisches Wesen wie umgewandelt. Er erwachte wie aus einer Lethargie, als er wieder heimatlichen Boden unter seinen Füßen spürte und den herben Geruch von halbtrockenem Heu einatmete.

Martin hatte sofort die Kleidung gewechselt, war mit aufs Feld gefahren, legte mit Hand an und machte sich im Stall nützlich. Nach dem Abendessen stieg er gemächlich am Waldrand entlang hinauf zur schönen Aussicht, blickte versonnen zum kleinen See hinunter und schaute verträumt der Abendsonne nach, die langsam hinter dem Forst verschwand.

Aber dieses überschäumende Glücksgefühl währte nicht lange, denn als ihn sein Vater von weiteren Studienplänen eindringlich in Kenntnis gesetzt hatte, sank sein desolater Zustand wieder auf den absoluten Tiefpunkt.

Doch Martin lehnte sich nicht auf gegen die kategorische Entscheidung. Er ertrug diese Bürde mit dulderhaftem Gehorsam und hatte sich längst abgewöhnt, seinem Vater zu widersprechen, zumal der Alte ohnehin keinen Widerspruch duldete.

Für Martin war dieser steinerne Weg bereits zum Opfergang geworden, den abzubrechen ihn in Furcht versetzte, wenn er sich die bereits entstandenen Studienkosten vergegenwärtigte.

So fraß er die traurige Gewißheit in sich hinein, wurde apathisch und suchte Zuflucht in der Einsamkeit.

Pfarrer Heimerl schien zu ahnen, wie dem jungen Bruckhofer die ehrgeizigen Pläne seines Vaters zusetzen mußten – und es war bestimmt kein Zufall, daß er seine Predigt mit Worten ausschmückte, die gezielt auf die Betroffenen gerichtet waren.

Den anderen Kirchgängern erschienen die symbolischen Zusammenhänge nur schwer verständlich, zumal die scharfen Blicke des Seelsorgers allzu häufig zwischen dem Bruckhofer und seinem jüngeren Sohn hin- und herwanderten.

Nur der Bruckhofer verstand sie zu deuten, aber er wußte dem strengen Blick auszuweichen. Festumschlungen im Gebet ruhten seine Hände auf der Kirchenbank, und die Lippen bewegten sich in stummer Zwiesprache mit Gott.

Als dann die Schlußakkorde der Orgel harmonisch ausklangen, verließen die Kirchenbesucher das große Portal.

Andreas Bruckhofer stand etwas abseits und wartete auf die Sägemüllerstochter.

Martha sah den Burschen sofort und kam rasch näher.

Er lächelte ihr zu. „Ich begleite dich heim", bot er sich an. Das Mädchen nickte und drückte seinen Arm fester. Ihr madonnenhaftes Gesicht war blaß und trug noch die Spuren des langen Klinikaufenthalts.

Andreas vermied es, sie darauf hinzuweisen. Die Tatsache, daß sie wieder in seiner Nähe war, bedeutete ihm mehr als ein gebräunter Teint. Andreas hatte es schon lange satt, sich immer heimlich mit dem Mädchen treffen zu müssen; der Vater sollte ruhig von dieser Verbindung erfahren, an die er sich gewöhnen mußte.

Als sie gemächlich die Dorfstraße entlangschritten, wurden beim Schmied im ersten Stock die Vorhänge zurückgezogen.

Die alte Schmiedin konnte wegen ihrer Gicht schon lange das Haus nicht mehr verlassen, was sie aber nicht hinderte, ihre Neugierde vom Fenster aus zu befriedigen. Sie nickte eifrig ihrer verwitweten Schwägerin zu, die mit ihr die Wohnung teilte.

„Schau an, der Bruckhofersohn und das Sägemüllerdirndl“, tuschelte sie geheimnisvoll.

„Geht das schon lange?“ wollte die andere wissen.

Die Schmiedin war überfragt. Sie hatte die beiden trotz ihrer Aufmerksamkeit das erste Mal zusammen gesehen. „Das wird nicht von langer Dauer sein, die Alten können sich doch nicht aus stehen“, kommentierte sie ihre Wahrnehmung.

„Außerdem ist die Martha nicht gesund, erzählt man sich im Dorf. Mit ihrem Blut soll was nicht in Ordnung sein“, erschien der anderen erwähnenswerte und sie humpelte schließlich wieder in die Küche zurück.

Andreas machte mit dem Mädchen einen kleinen Umweg zum Friedhof hinunter und an der Ziegelei vorbei. Hinter den Zäunen der Gärten prangten schon Astern und Anemonen.

„Ich freue mich auf den Tag, wenn wir am Altar knien werden und der Pfarrer die Stola über unsere Hände breitet“, sagte sie unvermittelt, während sie an blühenden Kirschbäumen vorbeigingen.

Der junge Bruckhofer wähnte sich unbeobachtet, blieb stehen und küßte das Mädchen zärtlich. „Ich wünsche mir auch diesen Tag herbei, wo wir allen zu wissen geben, daß wir für immer zusammengehören und nur der Tod uns trennen kann", meinte er aufrichtig und setzte den Weg fort. „Hoffentlich hat der Vater ein Einsehen, wenn er merkt, daß es uns ernst ist?"

Sie sah erstaunt auf. „Hast du immer noch nicht mit ihm darüber gesprochen?"

Andreas mußte sich zur Wahrheit bekennen. „Nein, es hat sich noch nicht ergeben. Ich möchte einen günstigen Tag abwarten, vielleicht zeigt er sich dann nachsichtiger? – Wissen denn deine Eltern schon, daß uns keine flüchtige Liebelei verbindet?"

Martha nickte selig. „Ja, gestern haben wir uns darüber unterhalten. Mein Vater ist nicht nachtragend und hat nichts gegen unsere Verbindung. Auch die Mutter ist nicht dagegen und hält es für zweckmäßig, wenn du dich bald bei uns sehen läßt."

Andreas versprach es und verabschiedete sich von Martha, als sie schließlich die Sägemühle erreicht hatten.

Martin, sein jüngerer Bruder, machte sich eigentlich nicht viel aus Alkohol, aber heute trieb es ihn nach dem Gottesdienst zum Unterwirt, um die gestrige Unterredung mit seinem Vater und die triste Zukunft, die ihm bevorstand, zu vergessen.

So saß er nun in der rauchigen Gaststube, starrte gelangweilt vor sich hin und hing trübseligen Gedanken nach. Seine ungewohnte Anwesenheit gab sofort willkommenen Anlaß zu boshaften Sticheleien. Auch mußte der Bruckhofer seine Absicht jemand anvertraut haben, der es mit der Verschwiegenheit nicht sehr genau nahm. War es also verwunderlich, wenn sich die bedeutungsvolle Kunde in Tannried schnell herumsprach, bis es fast jeder in Erfahrung gebracht hatte: Der junge Bruckhofer soll Theologie studieren.

Als die Kellnerin Martin das zweite Glas Bier vorsetzte, rief der zanksüchtige Eckmoser-Flori vom Nebentisch herüber: „Mehr als zwei Halbe darf er nicht trinken, Rosl, sonst wird unser Studiosus besoffen."

Der Kleinhäuslerssohn hatte die Lacher auf seiner Seite, was ihn zu einer weiteren spöttischen Bemerkung inspirierte. „Hast du von deinem Vater überhaupt Erlaubnis bekommen, das Wirtshaus aufzusuchen?"

Martin ignorierte die Gehässigkeit und machte einen tiefen Schluck aus seinem Bierglas.

Das standhafte Schweigen ärgerte den Hölzl-Quirin und regte auch ihm zum Stänkern an. „Du wirst dich noch wundern, Martin. Wenn du erst mal im Seminar bist, ist es aus mit dem Poussieren“, witzelte er anzüglich. „Du warst eh immer so tugendsam, du Musterknabe.“

Martin wußte sich immer noch zu beherrschen und ließ geduldig die Schmähreden über sich ergehen.

„Deswegen ist er auch so traurig, weil er soviel versäumt hat und jetzt nichts mehr nachholen kann“, frotzelte ein anderer ermutigt.

„Benehmt euch gefälligst“, mahnte der Wirt am Schanktisch, zumal er die Rauferei vor einigen Monaten noch in guter Erinnerung hatte.

Der Riedl-Franz ließ sich nicht den Mund verbieten. Er setzte genüßlich eine Zigarette in Brand und hielt dem jungen Bruckhofer provozierend die offene Packung hin. „Magst auch eine rauchen?“

„Wo denkst du hin?“ hakte der Niederhuber-Alois amüsiert nach. „Der Martin muß jetzt anfangen, den irdischen Genüssen zu entsagen. Außerdem bekommt er von seinem Vater Zigarren genug, wenn er nicht pariert.“

Einige lachten dröhnend und staunten, weil sich Martin nicht zu einer Gegenrede hinreißen ließ, was den Eckmoser zu einer neuen Boshaftigkeit ermutigte.

„Aber das Studieren hat den Vorteil, daß man sich von der Arbeit drücken kann und nur fromme Sprüche zu lernen braucht."

Martin wollte nun die Spottiraden nicht mehr länger hinnehmen. Er drehte sich zur Seite und faßte den Flori genau ins Auge. „Dir Häuslbuben gebe ich noch lange keinen Hanswursten ab, und wenn du nicht bald dein freches Schandmaul hälst, dann stopf ich dir dein loses Mundwerk", rief er aufgebracht und umfaßte das Bierglas mit festem Griff.

„Gib nicht so an, du Streber, und verlier nicht leichtsinnig deine Würde", stichelte der Eckmosersohn heimtückisch.

„Hoffentlich schafft er das Studium?" höhnte der Niederhuber unbeirrt weiter. „Es wird viel verlangt, habe ich mir erzählen lassen."

Der Flori nickte eifrig. „Ganzestimmt. Der Martin war in der Grundschule schon so fleißig und hatte besonders vom Herrn Pfarrer so manches Lob eingeheimst."

Die unverhohlene Ironie trien Martin das Blut in die Schläfen. Er sprang erregt auf, stürzte zum Nebentisch und versetzte dem Flori mit geballter Faust einen so unerwarteten Schlag ins Gesicht, daß der andere zurücktaumelte.

„Noch bin ich kein Geistlicher, laß dir das gesagt sein", herrschte er seinen Widersacher an, warf der Rosl einige Geldstücke zu und verließ grußlos die Wirtsstube.

Der Eckmoser erhob sich mühsam. „Das zahl' ich dir noch heim, du Streber, du Scheinheiliger", rief er in ohnmächtiger Wut hinter ihm her und wischte sich mit dem Taschentuch die blutige Nase sauber.

*

In der Nacht war ein heftiges Gewitter niedergegangen, und am Morgen wälzten sich dunkle Regenwolken über Tannried hinweg. Hinter dem Forst stand der Nebel, der die Landschaft noch trostloser erscheinen ließ – trist und düster, wie auch Martin zumute war, weil die kurzen Pfingstferien sich dem Ende näherten.

Während er sich in der Stube verabschiedete, glaubte er eine Verbannung antreten zu müssen.

Seine Mutter fühlte, wie schwer dem Buben das Weggehen fiel, und versuchte ihn aufzumuntern.

„Morgen scheint wieder die Sonne, dann sieht die Welt gleich hoffnungsvoller aus.“

„Ich werde mich nie daran gewöhnen, daß ich nicht immer daheim sein kann“, erwiderte Martin apathisch.

„In zwei Monaten beginnen die großen Ferien, dann bist du ja wieder zu Hause“, vertröstete sie ihren Sohn.

„Das ist der einzige Lichtblick“, antwortete Martin und verkniff sich eine weitere Bemerkung, weil in diesem Augenblick sein Vater die Wohnstube betrat.

Der Bruckhofer zeigte weniger Nachsicht, weil man ihm brühwarm den gestrigen Zwischenfall beim Unterwirt zugeflüstert hatte. „Da hast du dich ja rühmlich ausgezeichnet“, gab er seinem Befremden Ausdruck. „Zeigt sich rauflustig und prügelt sich mit diesem Fretter herum.“

„Ich habe keinen Streit gesucht, der Hungerleider hat mich dauernd angestänkert“, rechtfertigte sich Martin.

„Warum hältst du dich auch im Wirtshaus auf? Wenn du dich statt dessen mit deinen Schulbüchern beschäftigt hättest, wäre das nicht passiert.“

„Ich brauche mich nicht zum Gespött machen lassen.“

Der Bruckhofer winkte verärgert ab. „Schluß jetzt. Ich will hoffen, daß so etwas nicht wieder passiert. Also, reiß' dich am Riemen, und zeige mehr Interesse am Unterricht, daß mir nicht wieder Klagen kommen. Ich werfe das viele Schulgeld schließlich nicht zum Fenster hinaus", knurrte er mißbilligend.

Martin wollte die unliebsame Unterhaltung nicht unnötig in die Länge ziehen, zumal seine Mutter versuchte, dem Gespräch einen versöhnlichen Abschluß zu geben. „Schreib' uns bald, und bleibe gesund. Aber nun mußt du dich beeilen, wenn ihr den Zug nicht versäumen wollt", drängte sie mit belegter Stimme.

Draußen wartete bereits Andreas mit dem Wagen, um seinen Bruder zum Bahnhof zu bringen. Der Motor heulte auf; das Auto rollte den Schotterweg hinunter und fuhr dann gemächlich auf der Landstraße dahin.

Martin drehte sich zurück und behielt das Anwesen im Auge, bis ein Hügel mit Strauchwerk die Sicht versperrte.

„Mußt es nicht so schwer nehmen", meinte sein Bruder nach einer Weile teilnehmend. „Es braucht halt alles seine Zeit. – Andere wären froh, wenn sie diesen Wege gehen dürften."

„Ich würde sie nicht darum beneiden", erwiderte Martin bedrückt und blickte versonnen auf die Felder jenseits der Straße, auf denen das Getreide reifte.

„Das darfst du nicht sagen, Martin! Der Priesterberuf ist etwas Schönes. Du wirst nach Jahren Primiz feiern, darfst Messen lesen und Sterbenden den letzten Segen geben."

„Dazu muß man sich berufen fühlen", widersprach sein Bruder sofort. „Dem Herrgott ist ein gläubiger Landmensch lieber, als ein schlechter Theologe, der seine Aufgabe als eine lästige Pflicht empfindet. – Schade um das viele Geld, das sich nutzbringender verwenden ließe, als jahrelang nur sinnlos den Tag zu verplempern. – Aber der Vater sieht das nicht ein und will aus mir einen gelehrigen Wunderknaben machen, nur um seinen Wohlstand zu beweisen."

Nach einer viertel Stunde parkte Andreas den Wagen vor dem Bahnhofsgelände.

Martin ging zum Schalter und löste die Fahrkarte. Irgendwo schloß sich eine Schranke.

Andreas reichte seinem Bruder den Koffer über die hölzerne Bahnhofsumfriedung an der Straßenseite. „Mach's gut, Martin, wir sehen uns ja bald wieder in der großen Vakanz."

Sein Bruder nickte nur geduldig und schritt mit anderen Fahrgästen dem Bahnsteig zu. Es begann wieder zu regnen.

„Einsteigen – Türen schließen", rief der Schaffner laut, bis sich der Zug langsam in Bewegung setzte.

Draußen zogen die Häuser vorbei, wurden immer weniger, bis nur noch die Landschaft zu sehen war.

Braune Felder tauchten auf und grenzten scharf an das helle Grün frisch gemähter Wiesen. Schmale Wege schlängelten sich neben der Bahn her, überquerten verwitterte Holzbrükken, verkrochen sich hinter Staudengestrüpp, kletterten über kleine Anhöhen und verschwanden schließlich in dunklen Wäldern.

Der Zufall hatte ein Einsehen mit Martin und ließ ihn mit seinem Kummer allein im Abteil. So brauchte er niemand den Rücken zuwenden und ablenkend am Koffer herumnesteln, als sich seine Augen mit Tränen füllten.

*

Den Nachmittag hielt Andreas für einen günstigen Zeitpunkt, um das Thema anzuschneiden, das er immer wieder verschob, weil sich dazu nie eine passende Gelegenheit ergeben hatte.

Die beruhigende Tatsache, daß der Bruckhofer seinen Buben wieder in der Schule wußte, kam ihm dabei sehr zustatten.

Andreas traf seinen Vater in der Scheune an, wo er ein defektes Rad am Hänger auswechselte.

Jakob Bruckhofer schien bester Laune zu sein, denn es kam selten vor, daß er einen abgedroschenen Ländler leise vor sich hinpfiff:

„A Hütermadl mag i net
es hat keine schöne Wadl net
halli, hallo, drum lach i mir a andere o!"

„Ich werd' Holz schneiden – draußen kann ich nichts anfangen bei dem Wetter", begann Andreas einleitend.

Sein Vater war einverstanden und stimmte die zweite Strophe an. Andreas wollte die Gelegenheit nicht ungenutzt verstreichen lassen.

„Warum ist eigentlich die Loni so schnell von uns weggegangen?" fragte er wie beiläufig.

Der Bruckhofer konnte den Refrain nicht mehr wiederholen. „Weil sie sich für die Bauernarbeit zu fein geworden war", erläuterte er ohne aufzublicken. „Aber ich traure ihr nicht nach. Mit ihren Liebschaften hätte sie uns bald in Verruf gebracht."

„Aber sie hat doch ständig die Stallarbeit verrichtet", wandte Andreas ein.

„Und wie", höhnte der Bruckhofer. „Widerwillig und renitent war sie die letzte Zeit; Flausen hatte sie im Kopf, von ihrer Liederlichkeit gar nicht zu reden. Sie wird uns kaum fehlen, weil ich annehme, daß du bald eine Frau ins Haus bringst? – Oder hast du nichts dergleichen im Sinn?"

Andreas war froh, daß sein Vater das Gespräch in die richtige Bahn lenkte. „Darüber wollte ich gerade mit dir sprechen", beeilte er sich zu sagen.

Sein Vater pfiff durch die Zähne und war neugierig geworden. „Also hast du schon was in petto? – Tät' mich auch wundern in deinem Alter und bei deinem Aussehen."

Andreas schmunzelte unsicher, ahnte er doch, daß das vertrauliche Gespräch rasch an Herzlichkeit einbüßen würde, wenn dem Vater erst die Herkunft des Mädchens bekanntgeworden war.

„Mein Ältester war also auf Brautschau?" forschte der Bruckhofer amüsiert. „Welche hast du dir denn angelacht?" – Kenne ich sie?"

Andreas antwortete nicht sogleich, weshalb seinen Vater sofort eine ungute Ahnung befiel.

„Du wirst dich doch hoffentlich nicht in ein mittelloses Dirndl verliebt haben, daß nur Zuneigung mitbringt?"

Andreas zerstreute diese Vermutung sofort. „Da kannst du unbesorgt sein – die hat es nicht nötig, der Schulden wegen irgendwo einheiraten zu müssen."

Der Bruckhofer hob verwundert die schütteren Brauen. „Dann ist sie nicht von hier."

„Doch, du kennst sie sehr gut."

Der Alte wurde ungeduldig. „Na, sag schon, wer ist das Dirndl?"

Sein Sohn druckste noch etwas herum. „Die Wartbichler-Martha", eröffnete er nicht sehr hoffnungsvoll.

Der Bruckhofer glaubte nicht richtig gehört zu haben. „Wer . . .?"

„Ja, die Sägemüllerstochter. Was hast du gegen sie?" fragte Andreas beinahe gereizt.

„Mußte es denn ausgerechnet die sein?" ereiferte sich sein Vater mürrisch. „Du müßtest längst wissen, was ich von denen halte."

„Ich habe mich nie um eure Zwistigkeiten gekümmert", gab Andreas zurück. „Sei doch nicht so nachtragend, und laß den Zank von früher endlich der Vergangenheit angehören!"

„Das verstehst du nicht."

„Nein, das verstehe ich wirklich nicht. Warum willst du unser Glück verbauen, nur weil du dich mit dem Sägemüller schon seit über zwanzig Jahren in den Haaren liegst?"

Der Bruckhofer wollte es auf keinen Streit ankommen lassen. Ihm lag vielmehr daran, seinen Sohn zur Einsicht zu bewegen.

„Zum Glück gehört mehr als nur Zuneigung. Das Verliebtsein verliert sich schnell, wenn die Frau nicht gesund ist."

„Die Martha ist nicht mehr krank."

„Weil man ihr in der Klinik bestimmt die Wahrheit verschwiegen hat."

„Ich hör' nicht auf das Geschwätz der alten Weiber im Dorf. Die Martha ist noch blutjung und längst von dem Leiden geheilt, das man ihr in Tannried anhängen möchte."

„Wie du meinst", nahm sein Vater wieder das Wort. „Ich kann dich nicht zwingen, deinen voreiligen Entschluß wieder rückgängig zu machen. In deinem Alter mußt du diese Entscheidung allein treffen. – Heirate sie also, die Martha, und bring sie auf den Hof – aber verschone mich später einmal mit Vorwürfen, wenn eure harmonische Zweisamkeit nicht von langer Dauer sein wird", betonte er eindringlich, zog mit einem Kreuzschlüssel die Radmuttern fest und verließ dann die Scheune.

Bereits am darauffolgenden Sonntag konnte der junge Bruckhofer der Einladung Folge leisten und suchte am Nachmittag die Sägemühle auf.

*

Auf dem Lagerplatz sammelten sich die geschälten Baumstämme. Weiter vorne reihte sich Stapel an Stapel hochaufgeschichteter Bretter. Neben dem Gatter lag geschnittenes Bauholz. Daneben stand der Langholz-Schlepper, der die geschlagenen Baumstämme aus den nahen Wäldern zur Sägemühle transportierte.

Eigentlich hatte der Betrieb mit einer Mühle nichts mehr gemein. Vor Jahren freilich wußte man sich die Kraft des Wildbaches noch zu eigen zu machen, um die Stämme zu Brettern zu sägen. Inzwischen bediente man sich der Neuerungen der Technik – und das emsig dahinfließende Wasser lief ungenützt wie zu Urzeiten seinen Weg.

Martha sah den Besucher schon vom Wohnzimmer aus und empfing ihn vor dem Eingang mit einem Kuß. „Komm nur herein, wir haben nichts mehr zu befürchten“, flüsterte sie ihm zu.

„Mein Vater hat schließlich auch nachgegeben und eingesehen, daß uns nichts mehr trennen kann", wußte er zu berichten und betrat schließlich doch etwas verlegen die holzgetäfelte Wohnstube. Die Unterhaltung schleppte sich dahin.

Erst als die Wartbichlerin Kaffee und Kuchen auftrug, lockerte sich die steife Atmosphäre.

Der Sägemüller schob Andreas die Zigarrenkiste zu, entnahm sich selbst eine Brasil und kam schließlich auf den Zweck des Besuches zu sprechen.

„Da sieht man, wie die Zeit vergeht", meinte er nachdenklich und schob mit der Hand die Rauchwolke von sich. „Ich kann mich noch genau erinnern, wie ihr als Kinder oft im knöcheltiefen Schnee nach Kirchham zur Schule gestapft seid, als noch keine Schulbusse eingesetzt waren. Mir ist, als sei es erst gestern gewesen – und nun habt ihr schon das Heiraten im Sinn. Nun, unsere Martha wird schon wissen, was sie will. Wenn sie glaubt, nur mit dir glücklich werden zu können – unseren Segen habt ihr", versicherte er und streifte die Asche von der Brasil.

„Ich danke dir für das Vertrauen, Wartbichler. Die Martha wird ihren Entschluß nie bereuen müssen", beteuerte Andreas und spürte, wie Martha unter dem Tisch seine Hand fester drückte.

„Das setzen wir auch voraus", bedeutete die Sägemüllerin ernsthaft und goß noch mal die Tassen voll.

„Da habe ich keine Bedenken", setzte ihr Mann hinzu. „So wie ich dich einschätze, bringst du alle Voraussetzungen mit, um ein guter Ehemann zu werden."

„Da sorge ich schon dafür", scherzte Martha übermütig.

„Über die Mitgift werden wir uns schon einigen", ließ der Sägemüller zuversichtlich vernehmen.

Andreas winkte oberflächlich ab. „Daran soll es nicht scheitern – unser Hof ist schuldenfrei."

Dem Wartbichler lag nicht daran, alte Geschichten aufzuwärmen, aber eine passende Gegenrede konnte er sich nicht verkneifen. „Trotzdem, nach all den Jahren der Feindschaft wird dein Vater die Martha viel sympathischer finden, wenn sie außer ihrer Zuneigung auch noch Bargeld mitbringt."

Andreas wollte nicht widersprechen, und weil auch dem Sägemüller nicht daran gelegen war, unnötig in der Vergangenheit zu wühlen, entstand ein beklemmendes Schweigen.

Eine Fliege schlug summend gegen die Fensterscheibe, und die Standuhr tickte eintönig die Minuten.

„Dein Vater ist doch damit einverstanden?“ vergewisserte sich die Wartbichlerin nach einer Weile.

„Ja, er hat nichts gegen eine Heirat“, versicherte der junge Bruckhofer.

„Wird ihm nicht leichtgefallen sein“, bemerkte der Sägemüller mit leichter Ironie in seiner Stimme. „Wer gibt auch schon gerne das Ruder aus der Hand und läßt die Jungen wirtschaften?“

„Damit müßte ich mich noch gedulden, hat er mir nahegelegt“, bekannte Andreas kleinlaut.

„Dein Vater will noch nicht übergeben?“ rief der Wartbichler echauffiert, doch sein Ton wirkte vermittelnd, als ihm der vorwurfsvolle Blick seiner Frau streifte.

„Das Anwesen ist mir natürlich sicher“, bemühte sich Andreas, sein Gegenüber versöhnlich zu stimmen.

„Ich finde es dennoch merkwürdig. Warum will er denn damit warten?“ bedrängte der Sägemüller den Burschen.

Andreas wußte keinen plausiblen Grund zu nennen und schützte die gute gesundheitliche

Verfassung vor, die ihn vermutlich noch abhielt, bereits jetzt ans Abtreten zu denken.

„An den Gedanken wird er sich aber gewöhnen müssen“, beharrte der Gastgeber unverblümt. „Das wäre ja ganz was Neues. Mir will überhaupt scheinen, ihm schwebt eine Schwiegertochter vor, die ihm nur als billige Arbeitskraft nützlich ist, seit eure Loni das Haus verlassen hat?“

„Das darfst du nicht denken, Wartbichler.“

„Der Verdacht liegt aber nahe. Schließlich will ich meine einzige Tochter nicht als Dienstbotin auf dem Bruckhof verheiratet wissen“, regte sich wieder sein Unmut.

„Das wird nur von kurzer Dauer sein, dann paßt er sich den überlieferten Gepflogenheiten an“, beschwichtigte Martha ihren Vater.

„Das ist ein dehnbarer Begriff, wenn er sich allein vorbehält, den Zeitpunkt zu bestimmen. So eine Vereinbarung hat keine Gültigkeit, das muß schriftlich fixiert werden, darauf bestehe ich. – Ich halte es ohnehin für dringend angebracht, daß auch dein Vater sich demnächst bei uns sehen läßt“, verlangte der Wartbichler unnachgiebig.“

Als Martha den Burschen etwas später nach draußen begleitete, lächelte sie ihm konziliant zu. „Du darfst nicht alles so wortwörtlich nehmen. Auch mein Vater ist ein alter Brummbär, aber er meint es meistens nicht so."

„Er hat ja recht. Warum hält mein Vater sich nicht an den alten Brauch und überschreibt mir das Anwesen?" äußerte Andreas seinen Unwillen.

Die Sägemüllerstochter betrachtete diese Angelegenheit nur als eine juristische Formsache. „Sei nicht gleich ungeduldig. Entscheidend ist doch zunächst, daß wir ständig beisammen sind", zerstreute sie seine Unzufriedenheit und begleitete ihn noch bis zum Sägegatter.

*

Nach dem Abendessen, kurz bevor der Bruckhofer den Fernseher einschaltete, um die Tagesschau zu sehen, setzte Andreas seinen Vater von seinem Besuch in der Sägemühle in Kenntnis.

„Wie schön für dich", gab der Bruckhofer zurück. „Hoffentlich seid ihr euch einig geworden?"

Andreas strahlte wieder Optimismus aus. „Es gab keine Unstimmigkeiten, aber der Wartbichler möchte natürlich, daß zwischen euch auch wieder alles ins reine kommt."

„Wozu denn, wenn bereits alles in Ordnung ist?" höhnte sein Vater unbeabsichtigt.

Andreas streifte mit dem Handrücken einige Brotkrumen vom Tisch.

„Es gilt halt zwischen euch noch einiges zu besprechen – und darum sollst du in den nächsten Tagen einmal vorbeikommen."

Der Bruckhofer drehte sich ruckartig um; sein Stolz lehnte sich auf gegen diese Zumutung.

„Was, ich soll vorbeikommen? – Ihm unterwürfig nachlaufen, als müßte ich um seine Zustimmung betteln?" Der Alte lachte gallig auf. „Da kann er aber lange warten, der Holzwurm. Wenn er seine Tochter verheiraten will, dann muß er mich aufsuchen. Ich habe es nicht nötig, mich anzubiedern – das kannst du deinem zukünftigen Schwiegervater ausrichten."

*

Mit jedem Tag zog die Sonne höhere Bahnen, doch das nahm Loni kaum wahr. Das schummrige Licht von zweifelhaften Nachtlokalen, die flackernden, grellen Reflexe der pittoresken Lichtorgeln in anrüchigen Diskotheken ließen sie jedes Gefühl vermissen für den Wandel der Gezeiten.

Der fast unerträgliche Lärm der Musikverstärker hatte sie taub gemacht für das Rauschen der Blätter im Morgenwind und das Plätschern eines Baches. Ihre Ohren waren an die Lautstärke gewöhnt und konnten das Summen der Bienen in den Gräsern nicht mehr aufnehmen.

Sie lauerte auch längst nicht mehr auf das Klopfen des Spechtes oder wenn eine Amsel frühmorgens auf dem Dachgiebel anhob, ihr Liedchen zu trällern.

Das Mädchen hielt es nicht lange in der Metzgerei Pröpstl. Eine oberflächliche Diskobekanntschaft verhalf ihr rasch auszubrechen aus dieser Scheinwelt des Geborgenseins, wo es galt, sich unterzuordnen und die unberechenbaren Launen der herrschsüchtigen Metzgersgattin widerspruchslos hinzunehmen.

Dazu kam noch eine mißglückte Romanze mit einem Freund, dem sie in naiver Ergebenheit ihre spärlichen Ersparnisse anvertraut hatte, während er auf Nimmerwiedersehen das Weite suchte.

Es entsprach auch nicht ihren Erwartungen, sich als Hausgehilfin ausbeuten zu lassen – dafür hatte sie ihr Dienstbotendasein in Tannried noch in zu guter Erinnerung.

Die Freundin Gisela, die der monotonen Fließbandarbeit in einer tristen Fabrikhalle überdrüssig geworden war, nahm sich gerne ihrer an, wußte von tollen Partys zu berichten und brüstete sich mit interessanten Herrenbekanntschaften, denen das Geld locker in der Brieftasche saß.

Loni fand schnell Gefallen an diesem ungebundenen Leben und merkte immer mehr, was sie während ihrer früheren stupiden Tätigkeit in der ländlichen Abgeschiedenheit alles versäumt hatte.

Nun fand sie Zeit, alles nachzuholen, und begriff schnell, daß sich auch ohne Tellerwaschen und Treppenscheuern ganz gut leben ließ, zumal ihr zu dieser Zeit niemand fürsorglich beiseite stand, der sie von diesem gefährlichen Weg hätte abbringen können.

Und war dieses Treibenlassen auch bar jeden Glücks – sie empfand es nicht mehr. Loni machte sich nichts mehr aus innigen Beziehungen und geriet immer mehr in den Sog dieses Sumpfes, der ihre ohnedies dürftige Moral vollends verkümmern ließ.

Die Großstadt hatte von ihr Besitz ergriffen, und die Gewißheit, im Laster Geld zu verdienen, strapazierte ihr verlorenes Ehrgefühl nicht besonders. Hier kannte sie niemand – Loni fühlte sich wohl in diesem zwielichtigen Milieu, und die Scheu vor geregelter, ehrlicher Arbeit, hatte aus ihr ein leichtes, lebenshungriges Mädchen gemacht, das sich längst nicht mehr zierte, wenn ein betuchter Mann ihre Gunst begehrte.

Ihr flotter Lebenswandel machte die Verschleierung ihres nichtssagenden Namens unumgänglich. Apollonia Holzner klang zu banal und ließ zu sehr auf ihre ländliche Herkunft schließen. So nannte sie sich in Freundeskreisen Rita, was ihren ehrlosen Absichten sehr dienlich war.

Auch die umfunktionierte Rumpelkammer, als Schlafgelegenheit in der Wohnung ihrer Freundin Gisela, erwies sich nur als eine Übergangslösung. Ein wohlsituierter, schon etwas betagter Gönner unterhielt für sie ein kleines Appartement, wenn sie sich gelegentlich für eine zärtliche Stunde zur Verfügung hielt.

Nur manchmal, wenn sie dieses sündige Treiben doch kurz anekelte, erwog sie flüchtig, ob für eine Umkehr noch die Zeit reichte; aber gleichzeitig mußte sie erkennen, daß sie Treibgut geworden war, weil sie die Bequemlichkeiten dieses zügellosen Lebens nicht mehr missen mochte.

Loni verstand es auch rasch, sich dem neuesten Modetrend anzupassen. Sie bevorzugte dabei immer das Aktuellste in den gängigen Farbabstufungen und immer passend zu den jeweiligen Schuhen.

Ihre Kaufhauskleidchen und übrigen Klamotten, die zu sehr die Provinz verrieten, stellte sie der Kleidersammlung zur Verfügung, mit dem gönnerhaften Gefühl, eine gute Tat vollbracht zu haben.

Nur ihr Benehmen ließ noch sehr zu wünschen übrig, und selbst ihre Bemühungen, sich besonders gewählt auszudrücken, vermochten nicht über ihren Akzent hinwegzutäuschen.

Aber erlebnishungrige Männer, die von ihrer makellosen Figur angetan waren, legten nicht viel Wert auf gepflegte Konversation und sahen über ihren dürftigen Wortschatz großzügig hinweg, wenn das Mädchen andere Vorzüge aufweisen konnte.

Schon am späten Nachmittag betrat Loni mit ihrer Freundin eine Bar mit gedämpfter Beleuchtung und steuerte auf die hochstelzigen Barhocker zu. Loni schien hier schon bekannt zu sein, denn der Barkeeper fragte diskret: „Wie immer zwei Martini?"

Das Mädchen nickte distinguiert, ließ sich Feuer geben und schlug ihre wohlgeformten Beine so übereinander, daß ein geübtes Auge sie nicht übersehen konnte.

Loni brauchte nicht lange auf Anschluß zu warten. Ein Herr in mittleren Jahren gesellte sich zu ihr und plauderte zwanglos.

Der Gast spendierte einige Drinks und kam alsbald zur Sache.

Bald darauf verließ Loni mit dem Fremden das kleine Nachtlokal.

Draußen bestiegen sie ein Taxi. Der Mann nannte einen Straßennamen, den Loni nicht kannte, wo seine Begleiterin ihm ihre Gunst erweisen konnte.

Aus Loni war ein billiges Animiermädchen geworden, das sich aushalten ließ, leichtfertig die Verehrer wechselte und sich damit abgefunden zu haben schien, niemals aus dem Morast wieder herauszufinden. Es lohnte sich nicht mehr, reumütige Überlegungen anzustellen – zur Umkehr war es längst zu spät. Der aufgedrückte Stempel der Verdorbenheit blieb an ihr haften wie ein unsichtbares Brandmal.

*

Mißmutig saß Martin vor seinen Schulaufgaben und kaute gelangweilt am Kugelschreiberende.

Er bewohnte etwas außerhalb von Hallstetten bei einer alleinstehenden Schneiderswitwe ein schlicht möbliertes Zimmer, das kaum anheimelnder wirkte, seit Frau Steingruber im Kaufhaus einen billigen Kunstdruck „Abenddämmerung mit röhrendem Hirsch“ erstanden hatte, um ihrem Studenten über das Heimweh etwas hinwegzuhelfen.

Die alte Frau war stets rührend besorgt um den Burschen. Sie weckte ihn rechtzeitig, bereitete ihm das Frühstück, sorgte für ein schmackhaftes Mittagessen, kümmerte sich um seine Wäsche und erinnerte ihn immer an die Schulaufgaben.

Doch Martin wußte die übertriebene Fürsorge nicht gebührend zu würdigen. Daheim schmierte ihm auch niemand das Brot mit Butter und kümmerte sich darum, ob seine Schuhe sauber geputzt waren.

Die Hektik in dieser fremden, winkeligen Stadt irritierte ihn immer mehr und begann zusehends sein sensibles Gemüt zu belasten.

Martin wurde wortkarg, kapselte sich ab — der unleidige Aufenthalt in dieser tristen Umgebung begann allmählich zur Qual zu werden.

Klopfenden Herzens betrat er morgens das Schulportal und zählte tagsüber die Stunden bis zum Unterrichtsende.

Resigniert und ohne Appetit nahm er nach Schulschluß einige Bissen zu sich, suchte verdrossen sein Zimmer auf, wo ihn eine gähnende Leere anödete, und steigerte sich immer mehr hinein in das trostlose Gefühl des Verlassenseins.

Lustlos blätterte er schließlich in Schulbüchern, kritzelte eine Getreideähre auf die aufgeschlagene Heftseite und bemühte sich vergeblich, die orthographischen Begriffe zwischen Deklination und Präposition in Einklang zu bringen.

Aus dem geöffneten Fenster drang Straßenlärm.

Martin schob die Bücher beiseite und lehnte sich über die Brüstung. Unten spielten einige Buben Fußball. Aus der nahen Schlosserei drangen helle Hammerschläge. Gegenüber in der Gärtnerei stach jemand Löcher in die Beete und drückte Pflanzen ein. Eine Frau jätete Unkraut, füllte einen Schubkarren und leerte ihn auf den Komposthaufen.

Martin wandte sich grübelnd ab. Er konnte es nicht mehr ertragen, den Leuten bei der Arbeit zuzusehen, während er hier untätig herumsaß und dem Herrgott die Zeit wegstahl.

Hastig verstaute Martin die Schulutensilien in seiner Tasche – er hatte plötzlich das Gefühl, in diesem muffigen Zimmer zu ersticken, und mußte ins Freie. Unten holte er sein Fahrrad aus dem Geräteschuppen und fuhr stadtauswärts, wo keine Auspuffgase mehr die Luft verpesteten.

Bereits eine viertel Radstunde außerhalb von Hallstetten tauchten die ersten Dörfer auf.

Mit voller Reife stand der Sommer über dem Land. Der herbe Geruch von halbtrockenem Heu lag über den abgemähten Wiesen. Martin wurde ganz eigen zumute beim Anblick ländlicher Beschaulichkeit. Hühner scharrten emsig auf dem Mist, im Stall rasselte eine Kette. Auf den Bäumen reifte das Obst in der Sonne.

Die schmale Straße machte eine leichte Krümmung und stieg dann etwas an. Martin schob das Rad neben sich her und erreichte bald darauf eine Waldkuppe.

Er lehnte das Fahrrad an einen Stamm, setzte sich ins Gras und blickte versonnen zu den verstreut gelegenen Gehöften hinunter. Das helle

Grün der Futterwiesen stieß an goldgelbe Getreidefelder – Kartoffeläcker reihten sich bis zum Waldrand.

Der melancholische Bursch genoß dieses vertraute Bild behäbiger Geborgenheit, das ihm das Werden und Gedeihen der Natur vergegenwärtigte. Hier heroben ließen sich die Wunder der Gezeiten besser wahrnehmen als in dem Straßengewirr der Altstadt, wo sich kaum ein Lufthauch regte und die Hitze über dem Asphalt flimmerte.

Der Anblick des Friedens nahm Martin so sehr gefangen, daß er nicht wahrgenommen hatte, als ein Mädchen fast geräuschlos aus dem Wald heraustrat und verwundert neben dem Betrachter stehen blieb. Es zeigte keine Scheu, zumal der stille Bursch nicht gerade einen verwegenen Eindruck machte.

„Da läßt es sich aushalten", bemerkte Regina Drechsl unverhohlen und staunte gleichzeitig über ihre Redseligkeit, weil es nicht zu ihren Eigenarten gehörte, fremde Männer anzusprechen.

Martin erhob sich etwas verwirrt. Sein Faulenzen schien nicht den besten Eindruck auf das Mädchen gemacht zu haben, das so unbefangen mit ihm redete.

„Ich bin Schüler im Gymnasium und wollte nur etwas die Landschaft genießen", klärte er die Situation.

„Jeder will nur noch studieren und keiner mehr arbeiten – aber das war nicht persönlich gemeint", verbesserte sie sich und lächelte versöhnlich.

Martin wollte die Bezichtigung nicht auf sich ruhen lassen. „Das stimmt nicht ganz, ich bin gegen meinen Willen in Hallstetten", versuchte er ihren Eindruck zu korrigieren.

Das Mädchen nahm ihm die Ausflüchte nicht ab. „Das glaube ich nicht, aber es geht mich nichts an. Es muß halt auch gescheite Leute geben."

Martin wußte nicht, wie er sie überzeugen sollte. „Nein, ich habe wirklich keine Freude am Lernen und würde lieber die Feldarbeit verrichten."

Regina stellte den mit Blaubeeren randvoll gefüllten Eimer ab und wischte sich mit dem Handrücken über das erhitzte Gesicht.

„Das begreife ich nicht", antwortete sie verständnislos. „Warum besucht man eine höhere Schule, wenn man keine Freude am Lernen hat?"

„Ich kann es dir erklären, wenn es dich interessiert", duzte er sie wie selbstverständlich und bewunderte seinen Mut, weil er nur wenig Erfahrung besaß, wie man einem Mädchen imponieren konnte. „Aber setzen wir uns doch. Du brauchst keine Angst vor mir zu haben – ich bin noch keinem Mädchen zu nahe getreten.“

Regina zweifelte nicht daran; der Bursch mit den verträumten Augen wirkte vertrauenerweckend und hatte überhaupt nichts mit einem Draufgänger zu tun, der schnelle Abenteuer suchte.

„Eigentlich geht mich das alles gar nichts an“, bedeutete sie, nahm aber dann doch zögernd neben ihm Platz.

Martin war froh, daß er seinen Kummer von der Seele reden konnte, und mit jedem Wort, das er diesem unkomplizierten Mädchen anvertraute, wurde ihm leichter ums Herz.

Regina hörte ihm aufmerksam zu. Sie hatte ein hübsches Gesicht, und wenn der zärtlich geschwungene Mund lachte, zeigten sich zwei lustige Grübchen in den Wangen.

Regina fand rasch Gefallen an dem schüchternen Gesprächspartner mit dem ehrlichen Blick, der ihr bedenkenlos seine Probleme anvertraute. In seinen treuherzigen Augen lag so viel Schwermut, daß sie ein aufrichtiges Bedauern ankam, als der fremde Bursch seine persönlichen Empfindungen ungezwungen vor ihr ausbreitete.

„Du darfst es mir nicht übelnehmen, wenn ich dir vorhin unrecht getan habe, aber man ist halt zu schnell voreingenommen von einem Menschen", sagte sie in die Stille hinein.

Für einen Augenblick trafen sich ihre Blicke.

„Wie könnte ich dir böse sein? Ich hab doch hier niemanden, der mich versteht", bekannte er glaubwürdig und faßte langsam nach ihrer Hand.

Regina entzog sie ihm zögernd. „Vielleicht kommt dein Vater doch noch zur Einsicht, wenn du dich nicht dagegen auflehnen willst?" meinte sie ablenkend und erhob sich.

Auch Martin stand sofort auf und griff nach seinem Rad. „Wenn es dir recht ist, begleite ich dich? Du mußt bestimmt nach unten zum Dorf?"

Das Mädchen nickte und deutete in eine Richtung talwärts. „Siehst du das Anwesen neben dem kleine Silo? Da muß ich hin."

„Es macht dir doch nichts aus, mit mir zusammen gesehen zu werden?" drängte sich ihm plötzlich die Frage auf.

Regina zeigte ihre weißen Zähne. „Da kannst du unbesorgt sein, Martin, ich fühle mich niemandem verpflichtet", versicherte sie und nannte seinen Namen, als hätte ihre Bekanntschaft nicht erst seit einer Stunde bestanden.

„Das ist bestimmt der Hof deines Vaters?" mutmaßte er und schob das Fahrrad neben sich her.

Regina lächelte mit stiller Wehmut. „Da hast du falsch geraten", belehrte sie ihn ohne zu zögern. „Meine Mutter ist schon vor Jahren gestorben, und mein Vater hat es vorgezogen, mich allein meinem Schicksal zu überlassen. Ich betrachte mich nur als Dienstbotin auf dem kleinen Hof. Aber nur noch kurze Zeit, dann bin ich meinen Arbeitsplatz los."

Martin sah verständnislos auf. „Wieso? – Willst du weg von hier?"

„Was bleibt mir anderes übrig?" gab das Mädchen Auskunft. „Der alte Angerpointner will die Landwirtschaft aufgeben. Er ist schon lange alleinstehend, sein einziger Sohn blieb damals in Rußland verschollen, die Tochter ist im Fränkischen verheiratet. Für wen sollte er sich also noch abrackern? – Einen Teil der Nutzfläche haben Anrainer aufgekauft, und das Anwesen geht im nächsten Monat an einen Makler über, der das Gehöft modernisieren und in zwei Eigentumswohnungen umwandeln will. Für das

Vieh fand sich ein Aufkäufer, die Geräte hat ein Nachbar billig erstanden. – Was aus mir wird, bekümmert keinen, aber ich war schon immer auf mich allein gestellt und werde mich auch in Zukunft zurechtfinden müssen", schloß sie mit einer versteckten Bitterkeit in ihrer Stimme.

„Unten in der Papierfabrik suchen sie Hilfskräfte", ermutigte er sie mit einem wohlgemeinten Ratschlag.

Regina konnte sich nicht mit dem Gedanken anfreunden, in einer stickigen Fabrikhalle eintönige Maschinenarbeiten zu verrichten.

„Vielleicht finden manche Gefallen daran? – Für mich ist das nichts, dafür bin ich zu naturverbunden", versuchte sie ihm verständlich zu machen, was keiner Mühe bedurfte, befand er sich doch in einer ähnlichen Situation.

„Was machst du dann, wenn die Handwerker in zwei Wochen mit dem Umbau beginnen?" fragte er voller Teilnahme.

„Ich werde schon irgendwo unterkommen. Ich habe zwei gesunde Arme und scheue keine Arbeit."

„Hoffentlich wieder hier in der Nähe? Es wäre schade, würden wir uns aus den Augen verlieren", gab Martin zu verstehen.

Sie ließ es zu, daß sich ihre Hände streiften. „Liegt dir denn so daran, mich wiederzusehen?"

Er nickte und suchte wieder ihren Blick. „Ja, weil der Zufall zwei Menschen begegnen ließ, die fast das gleiche Schicksal zu tragen haben."

„Ich glaube, uns verbindet viel Gemeinsames", pflichtete sie ihm bei.

Sie gingen eine Weile schweigend nebeneinander her und schienen über ihre gewisse Zukunft nachzudenken, als Martin plötzlich ein Gedanke erfaßte, der ihm gar nicht so abwegig erschien, um ihn in die Tat umzusetzen. Er erinnerte sich an das überstürzte Weggehen von Loni vor einigen Monaten und konnte sich vorstellen, daß seitdem die ganze Arbeit zwangsläufig seiner Mutter aufgebürdet war. Vielleicht zeigte der Vater Verständnis und war bereit, ein anspruchsloses Mädchen aufzunehmen, das anzupacken verstand und sich nicht scheute, Stallarbeiten zu verrichten.

„Ich glaube, ich kann dir eine Bleibe vermitteln, Regina", begann er hoffnungsvoll und erklärte ihr die Situation in Einzelheiten.

Das Mädchen war dem Vorschlag nicht abgeneigt, bestand doch die Gewißheit, den sympathischen Burschen in den Ferien wiederzusehen. „Ich hätte nichts dagegen", willigte sie ein, aber gleichzeitig bedrängten sie Zweifel. „Wie soll ich denn meine Anwesenheit bei deinem Vater glaubhaft motivieren? – Woher sollte ich gewußt haben, daß ihm an einer Arbeitskraft gelegen ist?“ gab sie zu bedenken.

Der junge Bruckhofer hatte schon eine passende Antwort parat. „Du berufst dich einfach auf den Lackner-Sebastian, der ist Viehhändler und kommt viel umeinander.“

„Auch bis in unsere Gegend?“ wandte sie ein.

„So genau wird es mein Vater nicht nehmen“, konnte er sie beruhigen.

Sie waren mittlerweile am Dorfrand angekommen. Aus den Scheunen duftete das Heu. Martin blieb stehen. „Wann sehen wir uns wieder, Regina?“

Sie suchte seinen Blick. „Am Sonntag um dieselbe Zeit, wieder am Hölzl droben.“

Martin lächelte ihr zu. „Ich freue mich darauf und werde dir noch über die Zugverbindung Bescheid sagen und wo du umsteigen mußt“, meinte er zuversichtlich und bestieg das Rad.

Regina nickte und winkte ihm nach, bis das Fahrrad hinter einem Hügel verschwand.

Es herrschte noch reger Feierabendverkehr auf den Straßen, als Martin wieder die kleine Stadt erreichte.

Frau Steingruber empfing ihn schon im Treppenaufgang. „Sie waren heute lange weg, ich habe mir schon Gedanken gemacht“, rief sie besorgt.

„Worüber?“ feixte ihr Student belustigt. „Hatten Sie angenommen, ich irrte hilflos in der Gegend umher und finde den Weg nicht mehr zurück?“

„Sie sollten sich nicht über mich lustig machen, ich meine es nur gut mit Ihnen“, erwiderte sie leicht gekränkt.

„Weiß ich doch“, beschwichtigte sie Martin gutgelaunt. „Aber Ihre Sorge war unbegründet. Ich habe den Nachmittag sehr beschaulich verbracht.“

„Und Ihre Schulaufgaben?“ ermahnte ihn die Schneiderswitwe pflichtschuldig.

„Hole ich morgen nach“, versprach der Bursch, und Frau Steingruber fiel angenehm auf, mit welchem Appetit ihr Kostgänger wenig später die belegten Wurstbrote verzehrte.

Aber dieser kurze Ausbruch in die Freiheit währte nicht lange, denn schon tags darauf erinnerte ihn der Schulunterricht bereits wieder an sein freudloses Dasein. Dieses depressive Gefühl wurde noch verstärkt, als ihn Oberstudiendirektor Roeder am Freitag nach Unterrichtsschluß zu sich rufen ließ.

Martin ahnte sofort, daß ihm wieder eine unerfreuliche Beurteilung seiner mangelhaften Leistungen unmittelbar bevorstand.

Direktor Roeders Stimme klang streng. „Ich mußte Sie in letzter Zeit schon mehrmals zu mir bitten", eröffnete der Pädagoge unnachsichtig.

Martin nickte beschämt. „Ich kann mir denken, warum Sie mich wieder zu sprechen wünschen."

„Wird Ihnen das auf die Dauer nicht peinlich?" Der Schulgewaltige sprach die Worte prononciert aus und rückte pedantisch ein Lineal gerade.

Sein Schüler zog es vor zu schweigen, was den Studiendirektor keineswegs zugänglicher machte. „Es sind in letzter Zeit, wie zu erwarten war, wiederholt berechtigte Klagen von Lehrkräften eingegangen, die Ihre mangelhaften Leistungen betreffen. – Auch die Schulaufgaben haben Sie vernachlässigt und lassen sehr zu wünschen übrig", dozierte er mit näselnder Stimme. „Es gibt kaum ein Lehrfach, das nicht zu Beanstandungen berechtigt. Ich fürchte, mit diesen Zensuren schaffen Sie nicht das Klassenziel."

Seine Stimme verlor an Schärfe. „Ihre Intelligenz ist zwar nicht gerade überdurchschnittlich, aber dennoch dürfte es Ihnen keine allzu große Mühe bereiten, dem Unterricht folgen zu können. Mangelt es Ihnen am Ehrgeiz?“

Martin nickte schwerfällig. „Ich habe halt keine Freude am Lernen.“

„Aber Sie verplempern doch nur Ihre Zeit, wenn Sie anderen Neigungen den Vorzug geben. – Sie sollten sich befleißigen und Ihre Interessen nur auf die Schule beschränken, wenn Sie später ein verantwortungsvolles Amt übernehmen wollen.“

„Ich habe nicht das Bestreben, einmal ein Amt zu bekleiden“, widersprach Martin respektlos.

Direktor Roeder ließ Milde walten. „Warum quälen Sie sich dann hier ab?“ fragte er verständnislos.

„Weil mein Vater es so haben will“, antwortete der Bursch gelassen.

Der alte Herr wunderte sich über soviel Gehorsam und überschlug oberflächlich die Schulkosten, die sinnlos vertan waren, nur weil ein geltungssüchtiger Vater seinem Sohn diesen erfolglosen Willen aufzuzwingen versuchte.

Der Studiendirektor erhob sich und deutete die Beendigung des Gespräches an. „Es ist gut, Bruckhofer“, resümierte er in einem jovialen Tonfall. „Ich werde demnächst in den großen Ferien mit Ihrem Herrn Vater brieflich in Verbindung treten. Vielleicht gelingt es mir, ihn mit meinem Argument zur Einsicht zu bewegen.“

*

Die Zeit drängte weiter, mit ihr die Arbeit auf dem Bruckhof, die zu bewältigen allmählich Schwierigkeiten bereitete.

Ein heißer Tag neigte sich dem Abend zu. Gewitterschwüle lag in der Luft, und hinter dem Forst wetterleuchtete es zuweilen.

Wind setzte ein. Die Baumkronen, die fast bewegungslos in der Sonne gestanden waren, begannen sich zu bewegen. Die Blätter rauschten fröstelnd, wenn ein kühler Luftzug zwischen die Äste strich.

Barbara Bruckhofer trat ans Fenster, weil draußen im Hof schlurfende Schritte zu vernehmen waren.

„Der Sägmüller kommt zu uns“, rief sie erstaunt ihrem Mann zu und wischte mit einem Tuch die Tischplatte sauber.

Der Bruckhofer grinste mit Genugtuung vor sich hin. „Hat er also eingesehen, daß ich ihm nicht nachlaufe. – Wird ihm schwergefallen sein, seinen Stolz zu überwinden.“

Gleichzeitig klopfte es an der Eichentür, dann stand der Wartbichler in der Wohnstube.

Er brummte einen Gruß, und sein finsterer Blick ließ vermuten, welcher Überwindungen es bedurft haben mußte, in dieser Angelegenheit den ersten Schritt zu tun. Einen Augenblick lang starrte die Bruckhoferin auf den unerwarteten Besucher, aber er sah unversöhnlich an ihr vorbei, als wollte er nicht an die Geschehnisse erinnert werden, die schon beinahe dreißig Jahre zurücklagen.

Da gab es eine Zeit, in der Lorenz Wartbichler in enger Verbindung stand zu einem Mädchen, das Barbara Schienagl hieß und auch ihm sehr zugetan war. Freilich, als er die Mühle von seinem Vater übernommen hatte, war sie noch unwirtschaftlich und brachte nur wenig Gewinn, aber Barbara nahm daran keinen Anstoß. Sie war in bescheidenen Verhältnissen aufgewachsen und stellte keine großen Erwartungen an das Leben. Aber das änderte sich schlagartig, als Jakob Bruckhofer plötzlich an dem hübschen Mädchen Gefallen fand, der nach der Verehelichung beachtlichen Grundbesitz und ein stattliches Anwesen erwarten durfte.

Barbara war jung, befolgte die wohlmeinenden Ratschläge der Eltern, die einen schuldenfreien Hof einer unbedeutenden Holzmühle, die vom Lohnschneiden nicht viel Geld abwarf, entschieden den Vorzug gaben. Das Mädchen beugte sich schließlich dem Drängen und tauschte bald darauf mit dem Bruckhofer vor dem Altar die Trauringe.

Lorenz Wartbichler litt damals unter der plötzlichen Entzweiung und konnte die Enttäuschung nicht verheimlichen. Bis ihm dann der Zufall die Anna begegnen ließ. Sie stammte aus dem Flachland und brachte etwas Geld mit, das dem altmodischen Betrieb zugute kam und die Mühle rasch zu Ansehen brachte.

Seitdem währte die Feindschaft, weil keiner der einstigen Rivalen sich entschließen konnte, das Geschehnis endlich der Vergangenheit angehören zu lassen.

Die Bruckhoferin sah über die Ereignisse von damals realistischer hinweg. Über ein Vierteljahrhundert ständiges Beisammensein ließ die Glückseligkeit des ersten Verliebtseins nur noch in der Erinnerung weiterleben. Sie war dem Alter längst entwachsen, wo man sich noch betörende Worte ins Ohr flüsterte. Die Zeit der Leidenschaft war nicht von langer Dauer und mußte dem Gefühl der Geborgenheit Platz machen.

„Willst du dich nicht setzen?“ nötigte ihn die Bruckhoferin vermittelnd, weil der Besucher immer noch etwas betreten in der Stube stand.

Der Sägemüller kam der Aufforderung zögernd nach und räusperte sich unsicher. „Nachdem wir vergeblich auf deinen Besuch gewartet haben, mußte ich den ersten Schritt tun und euch aufsuchen“, begann er einleitend.

„Das habe ich auch erwartet – du willst doch deine Tochter verheiraten“, bemerkte Jakob mit beißender Ironie.

Diese boshafte Behauptung wollte der Wartbichler nicht widerspruchslos hinnehmen. „Ich habe es nicht nötig, voll Dankbarkeit meine Martha verheiratet zu wissen“, stellte er richtig. „Außerdem konnte ich es nicht verhindern, daß sich dein Sohn in mein Dirndl vergafft hat.“

„Das kann genau so gut umgekehrt der Fall gewesen sein“, entgegnete der Bruckhofer konternd.

Der Sägemüller wollte das unliebsame Wortgeplänkel nicht unnötig in die Länge ziehen und kam zur Sache. „Umgekehrt oder nicht, das läßt sich jetzt wohl kaum mehr genau feststellen“, betonte er ruhig und war bemüht, seinen Groll zu vergessen. „Nachdem uns die beiden vor vollendete Tatsachen gestellt haben und wir uns gewissermaßen verwandtschaftlich näher kommen, gibt es notgedrungen einige Dinge zu besprechen.“

Jakob sah ein, daß diese Angelegenheit nicht zu umgehen war, und zeigte sich allmählich zu Verhandlungen bereit. „Dich interessieren vermutlich zuallererst die finanziellen Belange?“

„Allerdings“, bestätigte der Besucher ohne Umschweife, zumal er fühlte, daß sein Gegenüber nicht willens war, längst Vergessenes zugunsten der Kinder in den Hintergrund zu drängen. „Der Andreas hat nämlich unlängst durchblicken lassen, du hättest noch keine Eile mit dem Übergeben.“

„Ja, das ist richtig.“

„Und wann gedenkst du den Hof überschreiben zu lassen?“

„So genau möchte ich mich da noch nicht festlegen“, antwortete Jakob gelassen.

„Du machst dir das aber einfach“, gab der Sägemüller seinen Unwillen kund. „Warum sträubst du dich so gegen diese Verbindung?“

„Verdreh’ mir nicht das Wort“, wies ihn der Bruckhofer zurecht. „Ich bin nicht gegen dagegen und will den beiden nichts in den Weg legen, aber den Zeitpunkt der Übergabe lasse ich mir nicht diktieren.“

„Wie du dich ausdrückst“, rügte der andere die Wortklauberei. „Niemand zwingt dich, von heute auf morgen die Zügel aus der Hand zu geben."

„Na also, was regst du dich dann auf?"

„Weil ich schließlich auch das Glück meiner Tochter im Auge habe und wissen möchte, wann sie sich Bäuerin nennen darf?"

„Warum denn?" stichelte der Bruckhofer erneut. „Wenn dir doch bloß am Glück deiner Tochter gelegen ist, dürfte der Zeitpunkt der Übergabe nicht den Ausschlag geben."

„Das sind Spitzfindigkeiten, das mache ich nicht mit", rief der Besucher erregt.

„Dann läßt du es halt bleiben", entgegnete Jakob gleichgültig.

„So kommen wir nicht weiter", versuchte seine Frau dem peinlichen Gespräch die richtige Wende zu geben. „Ich glaube, es ist an der Zeit, längst Geschehenes endlich zu vergessen. Wir haben doch schon alle Stürme des Lebens hinter uns und sollten aufhören, nachtragend zu sein", meinte sie vermittelnd.

„Ich bin nicht gekommen, um alte Geschichten aufzuwärmen", rechtfertigte sich der Wartbichler entschieden. „Mir liegt nur daran, die unabänderliche Tatsache zu einem für alle befriedigenden Abschluß zu bringen. Aber dein Mann gibt mir leider keine Gelegenheit dazu."

„Einer muß ja schuld sein“, knurrte der Bruckhofer bockig.

Stille war eingetreten. Auf dem Fensterbrett schnurrte eine Katze, draußen im Obstgarten bogen sich die Äste im Sturm.

„Nun?“ ließ der Besucher nach einer Weile vernehmen. „Wie willst du dich entscheiden? Bleibt es bei diesem ungewissen Termin?“

Jakob überlegte noch eine Weile und ließ schließlich seine Bereitschaft zur Friedfertigkeit erkennen. „Also, meinetwegen, mir soll niemand nachsagen, daß ich mich überliefertem Brauchtum verschließen möchte. – Das Anwesen geht in den Besitz meines Buben über, wenn mir die Martha den ersten Enkel schenkt.“

Lorenz wurde beinahe ungehalten. „Was dir nicht einfällt?“ polterte er los. „Die Natur legt sich bekanntlich da nicht genau fest – also kann die Martha auch einem Mädchen das Leben schenken. Nein, du Schlauberger, darauf laß ich mich nicht ein. Du mußt dich unabhängig vom Nachwuchs verpflichten, den Kindern spätestens zwei Jahre nach der Hochzeit den Hof zu überschreiben, sonst werden wir uns nicht einig“, beharrte er kategorisch.

„Also, einverstanden“, gab der Bruckhofer zögernd seine Zustimmung.

„Diese Frist muß notariell beglaubigt werden“, verlangte der andere mißtrauisch.

„Gut, damit du ruhig schlafen kannst“, willigte der Bruckhofer schließlich ein, betrachtete die Unterhaltung aber noch nicht als beendet. Deshalb rieb er unmißverständlich Daumen und Zeigefinger aneinander. „Und wie sieht es damit aus? – Wenn nämlich du Forderungen stellst, dann bedinge ich mir auch einige aus. Man erzählt sich im Dorf, deine Tochter sei eine gute Partie?“

„Ich werde mich schon nicht lumpen lassen“, versicherte der Sägemüller lakonisch.

Jakob gab sich mit dem gönnerhaften Hinweis nicht zufrieden und wollte konkrete Zahlen hören. „Wieviel bringt die Martha mit?“

„Das Gewitter war längst fällig“, lenkte der Besucher ab und lauschte, wie der Wind den Regen an die Fensterscheiben trommelte.

„Wieviel?“ riß ihn der andere hartnäckig aus seinen Betrachtungen.

Der Wartbichler nannte eine Summe, die der Bruckhofer nicht zu akzeptieren bereit war. „Möchtest du mich zum besten halten?“ fragte er gereizt, wobei ihn seine Frau lebhaft unterstützte.

Lorenz sah sich veranlaßt, die Verhandlungsbasis zu erhöhen und legte etwas zu, aber Jakob wollte sich auch mit diesem Betrag nicht zufrieden geben. „Warum bist du denn so geizig, es trifft doch keinen Armen."

Dem Sägemüller erschien die Mitgift ausreichend. „Wollt ihr mich ruinieren?" ereiferte er sich. „Ich muß in meinem Betrieb genau wirtschaften und bekomme keine Subventionen vom Staat wie du."

„Ach was! Unwetter und Hagelschlag können deinen Bretterstapeln nichts anhaben", gab Jakob schlagfertig zurück, während der andere mit den gefallenen Holzpreisen zu Felde rückte.

Der Bruckhofer wollte sich weiteres Lamentieren ersparen und zeigte sich zu einem Kompromiß bereit, den der Wartbichler nicht mehr ausschlagen konnte. Also einigte man sich auf eine angemessene Mitgift, zog den Zeitpunkt der Hochzeit in Erwägung, legte den Notartermin fest und erörterte noch die Frage des Hochzeitsladers.

Nicht der Geselligkeit wegen, sondern um dem Brauchtum Genüge zu tun, griff der Bruckhofer im Schrank nach einer Flasche und goß drei Gläser voll, um die besprochene Angelegenheit zu besiegeln.

Sie prosteten sich pflichtschuldig zu; allein, der Bruckhofer konnte die Förmlichkeit nicht verbergen, obgleich sich der Sägemüller ein gequältes Lächeln abrang – nichts deutete darauf hin, daß sie sich freundschaftlich nähergekommen waren.

Entsprechend förmlich gestaltete sich auch die kurze Verabschiedung, und der Wartbichler war heilfroh, daß er diesen unleidigen Gang hinter sich gebracht hatte.

Draußen war das Gewitter verzogen. Die Sonne kroch noch einmal hinter dem Forst hervor, eine Amsel schüttelte ihr Gefieder trocken und pickte dann eifrig nach einem Regenwurm.

*

Am Nachmittag des darauffolgenden Tages erschien ein adrett gekleidetes Mädchen in der Hofeinfahrt, sah sich kurz um, lehnte das Fahrrad an die Mauer und betrat entschlossen das Haus.

Der Bruckhofer trat gerade aus der Scheune und sah unwillig auf. Die vielen Vertreter und Zeitschriftenwerber waren zu einer echten Landplage geworden. Er wollte der ungebetenen Besucherin gerade ungnädig seine Abneigung gegen Haustürgeschäfte verständlich machen, als ihm das Mädchen zuvor kam.

Es grüßte und klärte sofort die Situation. „Ich bin die Drechsl-Regina. Der Lackner-Sebastian hat mir aufgetragen, mich bei dir sehen zu lassen."

Der Bruckhofer konnte sich zwar nicht genau erinnern, den Viehhändler wegen einer Arbeitskraft angesprochen zu haben, aber er war vergeßlich geworden und zweifelte die Darlegungen des sympathischen Mädchens nicht an.

„Der Sebastian kommt aber weit umeinander", staunte er verblüfft, weil Regina wahrheitsgemäß den Ort ihres bisherigen Wirkens nicht verleugnete.

Doch sie bediente sich einer plausiblen Lüge und gab vor, dem Lackner beim Besuch einer kranken Tante in Höhenkirchen begegnet zu sein.

„Ach so. Bis dahin sind es höchstens zwanzig Kilometer", bemerkte er ohne Argwohn und verzichtete, nach Einzelheiten zu fragen.

„Komm, gehen wir ins Haus", meinte der Bruckhofer einladend und hieß sie eintreten.

Gleichzeitig kam seine Frau aus der Küche, wodurch sich das Mädchen erneut veranlaßt sah, seine Anwesenheit zu motivieren.

„Es ist schade um die alten Höfe, wenn sie zweckentfremdet werden – und die Makler verdienen sich eine goldene Nase dabei", schimpfte die Frau, während sie eingehend das natürliche Mädchen musterte.

„Wie alt bist zu denn?" wollte sie wissen.

„Zwanzig werde ich im November", antwortete Regina.

Die Bäuerin lächelte versonnen. „In diesem Alter hat man das ganze Leben noch vor sich, und der Himmel hängt meist voller Geigen, auch wenn die Zukunft oft nicht immer vom Glück begleitet wird."

Der Bruckhofer stellte inzwischen Überlegungen an, die der Besucherin sehr zum Vorteil gereichten. Seit die Loni das Haus verließ, war die zusätzliche Last seiner Frau aufgebürdet worden – und auch die Verheiratung seines ältesten Sohnes würde kaum Abhilfe bringen, zumal er von der kränkelnden Martha keine große Hilfe erwarten durfte.

Sicher, die Bauernarbeit war leichter geworden. Anstelle der früheren Sense warf jetzt die Mähmaschine das Getreide, im Stall hatte längst die Technik Einzug gehalten, dennoch konnte man nicht ganz auf die Handarbeit verzichten.

„Ich glaube, das Dirndl kommt uns sehr gelegen! Was meinst du, Barbara?“ wandte er sich an seine Frau.

Die Bruckhoferin fand schnell Gefallen an dem Mädchen. „Natürlich“, stimmte sie sofort zu. „Sonst bleibt alles an mir hängen, und ich werde auch nicht jünger.“

„Also gut“, willigte ihr Mann ein, obgleich wieder neue Lohnkosten entstanden. „Du kannst bei uns bleiben. An deiner Arbeitsmoral zweifle ich nicht, und mit der Bezahlung werden wir uns bestimmt einigen, wenn du anstellig bist“. Er reichte ihr die Hand. „Auf gute Zusammenarbeit!“

Das Mädchen ergriff die dargebotene Rechte und bedankte sich. „Es ist heutzutage gar nicht so leicht, einen guten Platz zu bekommen – und in die Industrie wollte ich nicht.“

„Dann ist uns also allen geholfen“, setzte die Bruckhoferin zufrieden hinzu und stieg mit der neuen Magd die hölzerne Treppe hoch, um ihr die Schlafkammer zu zeigen. „Du mußt nicht gleich erschrecken, wenn der Bauer ab und zu seinen schlechten Tag hat“, klärte sie das Mädchen auf. „Er ist ein Brummbär und meint es nicht immer so. Aber sonst läßt es sich schon bei uns aushalten. Außer dir schafft noch der

Andreas, unser Sohn – sein jüngerer Bruder soll studieren und besucht schon seit Jahren in Hallstetten das Gymnasium."

Regina hörte aufmerksam zu und verschwieg geflissentlich, daß ihr die familiären Verhältnisse auf dem Bruckhof längst vertraut waren.

*

Ganz heimlich schlich sich der Herbst in die Landschaft. Zaghaft vergilbte das zarte Grün an den Birkenblättern, und die Geranien an den Fenstern begannen langsam welk zu werden.

Die Ernte war eingebracht, und es schien, als streckten sich die vollen Scheunen wohlig im milden Licht der Septembersonne und fühlten sich geborgen nach mühevollen Tagen.

Bereits seit einer Woche hing das Aufgebot von Martha und Andreas im Glaskasten der Verwaltungsgemeinde drüben in Achslach.

Der Hochzeitslader hatte längst seine Tätigkeit aufgenommen, und in Tannried sah man mit Interesse der Festlichkeit entgegen.

Mit jedem Tag, der die Trauung näher brachte, wuchs beim Bruckhofer das Mißbehagen. Es war nicht allein die verbriefte Tatsache, daß er in zwei Jahren das Feld räumen mußte, sondern vielmehr das ungute Gefühl, daß Andreas bei der Brautschau nicht die richtige Wahl getroffen hatte. Nicht der langjährigen Feindschaft wegen, aber er hätte es lieber gesehen, wenn eine Frau eingezogen wäre, die nicht eine geheimnisvolle Krankheit begleitete, deren Verlauf nichts Gutes erwarten ließ.

Manchmal ertappte er sich dabei, stille Vergleiche mit Regina anzustellen, die vor Gesundheit strotzte, keine Arbeit scheute und wie geschaffen schien, Kindern das Leben zu schenken, was er von seiner zukünftigen Schwiegertochter nicht hoffen konnte. So blieb also nur die tröstliche Gewißheit übrig, daß die Sägemüllerstochter solche Nachteile mit Bargeld auszugleichen vermochte.

In diesen Tagen mühte sich der Postbote Schanderl mit dem Fahrrad die Anhöhe hinauf und übergab ein Schreiben, das sich in Größe und Farbe sehr amtlich ausnahm, zumal der aufgedruckte Absender die Herkunft schnell erkennen ließ. Es kam nicht viel Post von der Lehranstalt in Hallstetten; was lag also näher, als anzunehmen, Martin hatte sich die Ermahnungen endlich zu Herzen genommen, um seinen Lerneifer anzuspornen. Doch als der Bruckhofer erwartungsvoll das Kuvert aufriß und die Zeilen überflog, mußte er rasch seine kühnen Erwartungen zurückstecken. Dem Inhalt war keine Belobigung zu entnehmen, noch viel weniger der Hinweis, sein Sohn hätte mit gesteigerter Aufmerksamkeit am Schulunterricht teilgenommen. Weit gefehlt! Das unerfreuliche Schreiben lautete:

‚Sehr geehrter Herr Bruckhofer,
zu meinem Bedauern muß ich Sie davon in Kenntnis setzen, daß die dürftigen Leistungen Ihres Sohnes immer weniger den Erfordernissen entsprechen.

Den berechtigten Klagen der Lehrkräfte nach zu urteilen, resultieren die mangelnden Ergebnisse des Schülers aus seiner geistigen Unbeweglichkeit, um den einzelnen Lernfächern folgen zu können. Auch läßt sich zusehends ein unverkennbares Desinteresse am Gesamtunterricht beobachten.

Da zu befürchten steht, daß sich die Lernunwilligkeit Ihres Sohnes auf die Dauer nicht mehr mit dem Bestreben unserer Lehranstalt, Wissen zu vermitteln, vereinbaren läßt, bleibt es Ihrer Entscheidung überlassen, ob Ihnen ein Fortbestand des Schulverhältnisses noch sinnvoll erscheint.

Ich bedaure, Ihnen keinen erfreulicheren Bescheid geben zu können, aber ich fühle mich nicht nur den Schülern, sondern auch deren Eltern gegenüber verantwortlich.

Mit freundlichen Grüßen
Oberstudiendirektor Roeder
Lehranstalt Hallstetten‘

Der Bruckhofer zeigte kein Verständnis für die schulmeisterischen Ratschläge; die Wut quoll in ihm auf. „Noch sinnvoll erscheint – Abstand nehmen“, rief er laut und durchschritt erregt die Stube. „Das könnte denen so passen. Zuerst das viele Schulgeld sinnlos zum Fenster hinauswerfen und dann einen Rückzieher machen, nur weil sich der Direktor für mich verantwortlich fühlt.“

Der Bruckhofer wurde so heftig, daß seine Frau besorgt aus der Küche kam und das offene Fenster schloß.

„Warum schreist du denn so? Man hört dich ja bis auf die Straße hinunter“, fragte sie verständnislos.

Der Bruckhofer war nicht zu beruhigen. Zornig warf er den Brief auf den Tisch. „Da, lies selbst, dann brauchst du dich über meinen Unmut nicht zu wundern“, echauffierte er sich erneut und schlug verärgert nach einer Fliege, die ständig vor seinem Gesicht herumtänzelte. „Geistige Unbeweglichkeit umschreiben sie dezent. Stinkfaul wird er sein, das ist alles. In der Grundschule ist er doch auch mitgekommen und brauchte nie eine Klasse wiederholen?“

Barbara legte den Brief achtlos beiseite. „Das war doch damals etwas anderes. Die Grundschule müssen halt alle besuchen, damit sie lesen und schreiben lernen, und das hätte auch gereicht für unseren Stand", warf sie ein, was seinen Ärger schürte.

„Natürlich, hilf ihm nur, du warst ja immer schon auf seiner Seite. Dem anderen vorlauten Fräulein, das es vorgezogen hat, ihre eigenen Wege zu gehen, hast du auch meistens Beistand geleistet."

„Weil du immer schon zu streng und hochfahrend warst", tadelte sie.

„Das muß man schon, sonst wachsen sie einem über den Kopf. – Da will man ihm ein Studium ermöglichen, und der Herr Sohn ist zu bequem, sein Hirn etwas anzustrengen."

„Sei nicht ungerecht, Jakob", erinnerte sie ihn. „Seine Mitschüler in Hallstetten haben vielleicht mit anderen Vorstellungen das Lernen angefangen, weil sie ehrgeizig sind. Unser Martin hat schon immer geklagt, daß ihm der Unterricht schwerfällt. Es wird wahrscheinlich allerhand verlangt werden in den einzelnen Fächern?"

„Dafür haben sie meinem Bankkonto auch einiges abverlangt in all den Jahren."

„Du hast ihm deinen Willen aufgezwungen, damit dein Ansehen wächst. Dem Buben lag nie daran, etwas Besseres zu werden," widersprach seine Frau.

„Weil er so rückständig ist wie du", redete er sich heraus. „Für die Bildung muß man sich halt etwas anstrengen. Aber er soll ja nicht glauben, daß ich das viele Schulgeld für nichts und wieder nichts dem Gymnasium geopfert habe. Mit seinem Eigensinn erreicht er bei mir überhaupt nichts, das müßte ihm inzwischen längst klargeworden sein."

„Du scheinst ganz zu vergessen, daß der Bub den Kinderschuhen schon entwachsen ist. In dem Alter haben andere längst das Abitur geschafft."

„Davon rede ich doch immer, an seinem Fleiß scheitert es. Wahrscheinlich hat er inzwischen auch noch die Lumperei im Kopf? Wo steckt er denn eigentlich, der Nichtsnutz?"

„Der Bub ist kein Taugenichts", nahm sie Martin in Schutz. „Wenn er so stinkfaul wäre, würde er wohl kaum draußen auf dem Feld beim Arbeiten mithelfen."

Er suchte nach einer Rechtfertigung. „Das habe ich nie von ihm verlangt. Mir wäre lieber, er würde sich über seine Bücher setzen, wie es sich gehört."

„Es sind doch noch Ferien", wandte sie ein. „Gönne ihm doch die Freude, wenn er sich etwas nützlich machen will."

Der Bruckhofer brummte noch etwas Unverständliches und verließ dann verdrossen die Stube. Doch die befürchtete Rüge blieb aus, mußte er doch einsehen, daß böse, drohende Worte dem dürftigen Lerneifer seines Sohnes nur noch mehr schaden konnten und gewiß keinen Anreiz zur Besserung versprachen. Es erschien ihm sinnvoller, dem Buben bei passender Gelegenheit nochmals mit Güte ins Gewissen zu reden, um ihn zur inneren Einkehr anzuregen.

Wenig später traf Regina mit der Bäuerin zusammen. Deren bekümmertes Gesicht ließ vermuten, daß etwas Unliebsames vorgefallen sein mußte, zumal die Magd dem Briefträger begegnet war, was zu gewissen Vermutungen Anlaß bot. Sie maß sich zwar nicht zu, an Privatangelegenheiten ihrer Arbeitgeber teilzuhaben, doch das verweinte Gesicht der Bruckhoferin erweckte ihr Mitgefühl.

„Schlechte Nachrichten?" fragte sie mehr teilnehmend als vorlaut.

Die Bruckhoferin erwog zunächst, die unleidige Angelegenheit für sich zu behalten, aber dann glaubte sie in dem aufrichtigen Mädchen einen ehrlichen Menschen gefunden zu haben, dem sie ihren Kummer anvertrauen konnte.

Sie nickte aufseufzend. „Es ist wegen dem Martin, der die Schule besucht. Der Bub hat keine Freude am Lernen und quält sich unnötig ab“, berichtete sie mit vergrämten Gesicht.

Für Regina bedeutete diese Offenbarung keine Neuigkeit. Sie wußte längst, wie verhaßt Martin die Schule geworden war, doch sie stellte sich unwissend.

„Es ist halt schwer für einen naturverbundenen Burschen, die gewohnte Feldarbeit mit der Schulbank vertauschen zu müssen“, meinte sie mitfühlend.

„Das ist es ja, aber sein Vater hat kein Einsehen“, lamentierte die Bruckhoferin und lüftete ihr Geheimnis. „Jetzt soll er nach dem Abitur sogar noch ins Seminar, um Theologie zu studieren. Selbst der Herr Pfarrer hat versucht, dem Bauern das auszureden.“

Das Mädchen begann aufzuhorchen. Martin hatte nie erwähnt, daß er diesen würdevollen Weg einschlagen sollte. „Ins Priesterseminar?“ entfuhr es ihr enttäuscht.

„Noch ist es nicht so weit“, zweifelte die Frau. „Er kommt ja jetzt schon fast um vor Heimweh.“

Regina trat ans Fenster; die Bruckhoferin sollte den feuchten Glanz nicht sehen, der in ihren Augen lag. Warum war es ihr nicht vergönnt, mit einem Burschen glücklich zu werden, den ihr der Zufall so hoffnungsvoll begegnen ließ? Allein, sie mußte diesen Verzicht antreten, ohne Einschränkungen – die heimliche Romanze durfte nur noch in der Erinnerung weiterleben. Martin belasteten genug Schwierigkeiten in der Schule, darum wollte sie ihm diesen bedeutungsvollen Weg, den sein Vater für ihn gewählt hatte, nicht zusätzlich mit einer verbotenen Liebe erschweren.

Draußen lichtete sich der Nebel. Zögernd brach die Sonne durch den verschleierten Himmel und ließ hinter Äckern und Wiesen verschwommen die Berge erkennen.

*

Eine Woche darauf läuteten die Glocken von Tannried mit feierlichem Klang in das spätsommerliche Tal hinaus. Auf Verlangen des Bruckhofers wurde die Hochzeit um zwei Wochen vorverlegt, damit das Ereignis noch in die letzten Ferientage fiel und Martin nur ja keinen Schultag versäumen mußte.

In der kleinen Dorfkirche standen die Menschen dichtgedrängt. Besonders viele Frauen besetzten die Plätze und wollten gerührt miterleben, wie der Priester die Stola um die Hände der Brautleute legte, zum Zeichen, daß sie nun unzertrennlich miteinander verbunden waren. Sie bekannten ihre Zustimmung beim Jawort, wechselten die Ringe und gaben allen Kirchgängern zu wissen, daß sie fortan willens waren, Freude und Leid zu teilen, an guten wie an schlechten Tagen.

Dann verließen sie gemeinsam den Altar und schritten unter den feierlichen Orgelklängen dem Ausgang zu.

Draußen vor dem Portal nahmen sie viele Glückwünsche entgegen, die geladenen Gäste formierten sich, die Blaskapelle intonierte einen Marsch, dann setzte sich der Hochzeitszug endlich in Bewegung.

Als das Festessen beendet war und der Hochzeitslader seine witzige Dankesrede hinter sich gebracht hatte, begann der gemütliche Teil, und bei den rhythmischen Weisen der Musiker kam rasch die richtige Stimmung auf.

Während sich die Tische leerten, weil die Jungen auf die Tanzfläche drängten, fanden oft gleichgesinne Gäste Gelegenheit für ein vertrauliches Gespräch, das nicht für alle Ohren bestimmt war.

Besonders die Heiglmoser-Afra, die mit ihrer ledigen Schwester bei Traunstein ein kleines Anwesen bewirtschaftete, zeigte keine Hemmungen, ihre Kritik loszuwerden.

„Mit dem Menü war es nicht weit her“, bemängelte sie und warf einen neidischen Blick auf ihren Vetter, den Bruckhofer, mit dem sie nie eine große Herzlichkeit verband. „Das Essen war kaum das Mahlgeld wert“, konstatierte sie unverblümt.

„Wundert dich das bei dem Geizkragen?“ ergänzte ihre ältere Schwester pflichtschuldig, zumal sie Mühe gehabt hatte, den zähen Rinderbraten mit ihren wenigen Zähnen zu zerkleinern.

„Bin neugierig, ob das Glück der Neuvermählten von langer Dauer ist?“ fuhr die andere geschwätzig fort. „Die Sägemüllerstochter soll sich nicht bester Gesundheit erfreuen. Mit ihrem Blut soll was nicht in Ordnung sein, habe ich mir erzählen lassen.“

„Geld und Besitz machen eben auch nicht glücklich“, tuschelte ihre Begleiterin boshaft und trank ihre Kaffeetasse leer.

Bei der nächsten Polka trat Martin an Reginas Tisch. „Wollen wir tanzen?“ forderte er sie auf.

Das Mädchen zögerte peinlich berührt, gab aber dann seinem Drängen nach und schritt mit ihm zur Tanzfläche. Regina zeigte sich wie schon seit Tagen nicht sehr gesprächig. Dem Burschen war bereits die ganze Woche über das frostige Verhalten des Mädchens aufgefallen, aber er vermochte sich Reginas unmotivierte Wandlung nicht zu erklären. Die Gelegenheit erschien ihm günstig, sich endlich Gewißheit zu verschaffen.

„Was hast du, Regina, du bist so verändert?"

„Es war nicht richtig, mich zum Tanz aufzufordern", antwortete sie ausweichend.

Martin blickte sie befremdet an, aber das Mädchen sah an ihm vorbei. „Hast du dich vielleicht einem anderen zugewandt, der nicht mehr die Schulbank drücken muß?" stolperten die Worte über seine Zunge.

„So etwas solltest du mir nicht zutrauen", bedeutete sie mit stillem Vorwurf.

„Entschuldige, ich wollte dich nicht kränken. Aber was sollte mich abhalten, mit dir eine Polka zu tanzen?"

„Du weißt genau, welcher Weg vor dir liegt", gab sie zu verstehen. „Es gehört nicht zu den Gepflogenheiten eines angehenden Geistlichen, sich vergnügt im Tanz zu wiegen."

„Ach, das ist es“, schmunzelte er unbekümmert und drückte sie enger an sich.

„Laß das“, ermahnte sie ihn verlegen, „die Leute beobachten uns schon.“

„Keiner kümmert sich um uns“, widersprach der belustigt. „Nicht einmal der Herr Pfarrer nimmt daran Anstoß.“

Nein, der Dorfgeistliche sah nichts Ehrenrühriges, als sein Blick vereinzelt die Tanzenden streifte, nur die gehässige Stelzenbacherin ließ die beiden nicht aus den Augen und machte kein Hehl aus ihrer Beobachtung.

„Das wird ein lustiger Seelsorger – mit dem wird der Bischof in Freising seine helle Freude haben“, flüsterte sie der Frau des Mesners zu und kicherte anzüglich.

Die Klarinetten jubelten, Geigen jauchzten, die Tuba dröhnte.

„Du brauchst dein Gewissen nicht unnötig belasten“, nahm Martin das Gespräch wieder auf. „Ich fühle mich nicht berufen zu diesem Stand.“

„Aber dein Vater will es so, und ich muß diesen Wunsch respektieren. Wir haben uns beide geirrt, als wir uns damals begegnet sind, Martin.“

„Ich muß meinen Vater enttäuschen“, entschied er konsequent.

„Du sollst Vater und Mutter ehren, heißt es im vierten Gebot."

„Hab ich das nicht getan? – Jahre habe ich verschenkt und seinen Willen befolgt, ohne aufzumucken. Aber allmählich fange ich an, an mich selbst zu denken. Ich will mein Leben nicht im Pfarrhaus, in Beichtstühlen, auf der Kanzel und bei sterbenden Menschen verbringen."

„Martin!"

„Ich bin wahrhaftig kein Atheist und glaube an den Schöpfer dieser Erde, nur für so ein enthaltsames Dasein fühle ich mich nicht geschaffen. Man kann dem Herrgott auch dienen, ohne sich auf die nächste Predigt vorzubereiten und heilige Messen zu lesen. – Ich warte nur noch dieses Jahr ab, dann stelle ich meinen Vater vor die Alternative."

„Er wird dir das sehr übelnehmen."

„Das habe ich miteinkalkuliert, aber ich verzichte auf seine Zuwendungen. Wir finden schon irgendwo Arbeit und werden auch ohne seinen Segen glücklich werden."

Inzwischen war der Tanz zu Ende, und Martin geleitete Regina wieder zu ihrem Platz zurück. Außer der geschwätzigen Stelzenbacherin beobachtete nur noch der Bruckhofer mißbilligend, wie sein Sohn auf enger Tuchfühlung mit dem Mädchen tanzte, und nahm sich vor, ihn unverzüglich zur Ordnung zu rufen. Er paßte einen günstigen Augenblick ab, streifte Martins Tisch und flüsterte ihm ganz belanglos einige Wort zu.

Martin wartete etwas und folgte seinem Vater dann wie zufällig auf die Toilette.

Der Bruckhofer vergewisserte sich, ob die zwei abschließbaren Kabinen unbesetzt waren.

„Was ist?“ fragte sein Sohn arglos und stellte sich dann ebenfalls an eine der weißen Keramikschalen, um einem menschlichen Bedürfnis nachzukommen.

„Dein Gehopse auf der Tanzfläche paßt mir nicht“, rügte sein Vater.

„So? – Was mißfällt dir daran?“

„Du solltest dich auf deinen Weg besinnen, der vor dir liegt.“

„Mutest du mir jetzt schon zu, wie ein Eremit zu leben? Man könnte glauben, nächste Woche wird bereits Primiz gefeiert“, bemerkte Martin belustigt.

„Sei nicht so vorlaut“, maßregelte ihm, sein Vater. „Irgendwann muß man anfangen, sich mit den Verpflichtungen dieses Berufes vertraut zu machen.“

„Gut, ab morgen werde ich mich in meine Kammer einschließen und nur noch meditieren, aber heute wirst du mir erlauben, mich an der Hochzeit meines Bruders zu erfreuen", witzelte er und betätigte die Spülung.

Der Bruckhofer kam zu keiner Gegenrede mehr, weil der angeheiterte Loibl-Lenz das stille Örtchen betrat und eilfertig seine Zufriedenheit zum Ausdruck brachte. „So gemütlich wie heute war es schon lange nicht mehr", lobhudelte er mit schwerer Zunge. Der Bruckhofer antwortete kaum. Er brachte seine Kleidung in Ordnung und ging wieder in den Saal zurück.

*

Der stürmische Novemberwind schüttelte unsanft das restliche Laub von den Bäumen. Die kalten Regenschauer waren schon mit Schnee vermischt, und wenn der Regen kurz aussetzte, fiel er gleich erneut mit elementarer Gewalt über Tannried hinweg.

In den Wäldern wurde es kahl und trist, nur über den freien Blößen des Hochwaldes leuchtete noch das lilafarbene Heidekraut. Die Wege zu den Feldern waren aufgeweicht; die wolkenverhangene Landschaft wirkte trostlos und einsam – fast genauso, wie sich auch die nahe Zukunft auf dem Bruckhof mit düsteren Prognosen ankündete.

In diesen Tagen begannen sich die unverwechselbaren Symptome von Marthas heimtükkischer Krankheit wieder bemerkbar zu machen. Die typischen Merkmale deuteten zweifelsohne auf einen neuen Schub dieses risikoreichen Leidens hin, wie Doktor Rösch aus Mitterzell beim Krankenbesuch feststellte, zumal die Bedauernswerte erhöhte Temperatur zeigte.

Der Arzt schloß nicht aus, daß ein grippaler Infekt das Krankheitsbild plötzlich verschlechtert hatte, und hielt eine Einweisung ins Kreiskrankenhaus für dringend erforderlich.

Andreas stand wie angenagelt, sein Kinn zuckte. „Läßt sich das nicht daheim auskurieren?" fragte er leise.

Doktor Rösch mußte den jungen Ehemann enttäuschen und begründete die Notwendigkeit des Klinikaufenthaltes mit Behandlungsmethoden, die zu Hause nicht zu überwachen wären.

Der Arzt wandte sich der Bruckhoferin zu. „Ich werde einen Krankenwagen anfordern. Pakken Sie inzwischen Waschzeug, Morgenrock und dergleichen zurecht."

Die Frau nickte stumm und ging schweren Herzens nach oben, um die Schwiegertochter mit der traurigen Tatsache vertraut zu machen. Bereits eine halbe Stunde später hielt das Krankenfahrzeug im Hofgelände des Anwesens.

Unten an der Straße hielt sich die alte Brunnerin hinter der Wegkapelle versteckt, um nichts zu versäumen und Tannenried sogleich mit neuem Gesprächsstoff versorgen zu können.

„Ich besuche dich gleich am Donnerstag", sagte Andreas mit erstickter Stimme und hielt kurz ihre Hand.

Ein müdes Lächeln huschte um ihr hübsches Gesicht, über die Wangen perlten Tränen.

Die beiden Männer in den weißen Kitteln zeigten nicht viel Anteilnahme. Es war ihr Beruf, kranke Menschen abzuholen. Sie schoben routiniert die Bahre in das Innere des Wagens und schlossen die Türe.

Andreas stand mit versteinertem Gesicht am Hauseingang und sah dem Fahrzeug nach, bis es unten an der Hauptstraße rechts abbog und rasch hinter einem Waldrücken verschwand.

Drinnen in der Stube herrschte peinliches Schweigen. Andreas trat ans Fenster, aber die beschlagenen Scheiben ließen ihm keine Sicht. Der Wind war heftiger geworden und fegte heulend um die Hausecke.

„Darfst es nicht so schwer nehmen, Bub", sprach die Bruckhoferin tröstlich auf ihren Sohn ein. „Du wirst sehen, der Herrgott läßt deine Frau bald wieder gesund werden."

Ihr Mann war sich dessen nicht so sicher, hatte er doch die Möglichkeit einer erneuten Erkrankung nie ganz ausgeschlossen. Er rief sich auch die Befürchtung ins Gedächtnis zurück, daß er seinen Sohn darauf hinwies. Aber seine Ratschläge wurden überheblich ignoriert, als hätte man sein vermeintliches Glück vorsätzlich zu verhindern versucht. Doch Jakob vermied es, ihn darauf anzusprechen, und beließ es dabei. Es war nicht der geeignete Augenblick für Vorhaltungen, die nichts ungeschehen machten. Andreas hatte jetzt genug mit sich allein zu tun, um dieses Geschick ertragen zu lernen.

Schon zwei Tage darauf fuhr Andreas in das nahe gelegene Kreiskrankenhaus. Neben dem Portal fand sich ein kleines Blumengeschäft. Er entschied sich für einige Nelken und betrat dann die Klinik.

Der Pförtner nannte ihm die Station und die Zimmernummer.

Martha lächelte ihm müde zu, als er das Krankenzimmer gefunden hatte. Ihr Gesicht war fahl, die Haut wirkte blaß, auch wenn sie ihn eine Besserung ihres Befindens glauben machen wollte.

Sie sprachen nicht viel und hielten sich an den Händen, aber das Schweigen schien mehr auszudrücken, als es laute Worte vermocht hätten.

Sie zeigte auf sein Foto, das in einem schmalen Holzrahmen auf dem Nachttisch stand. „Ich hatte Mutter gebeten, es mit einzupacken, damit ich dich immer bei mir habe“, flüsterte sie ihm zu und strich mit der Hand zärtlich über sein Gesicht. Eine Krankenschwester betrat alsbald das Zimmer und forderte ihn freundlich auf, sich zu verabschieden, weil der Stationsarzt gerade für ein kurzes Gespräch zur Verfügung stehen könne.

Andreas küßte seine Frau und versprach am Sonntag wieder zu kommen. Die Bettnachbarin wandte sich diskret ab und blätterte in einer Zeitschrift.

Auf dem Flur traf er mit dem Stationsarzt zusammen. „Sie sind Herr Bruckhofer?"

Andreas nickte. „Was fehlt meiner Frau, Herr Doktor?" fragte er ungeduldig.

Der Mediziner mußte sich zur Wahrheit bekennen. „Ihre Frau leidet an einer akuten Phase von Leukämie. Das ist eine krankhafte Vermehrung der weißen Blutkörperchen", fügte er hinzu, falls dem Angehörigen der Krankheitsverlauf hätte nicht geläufig sein sollen. Andreas' Augen klammerten sich wie flehend an den Arzt. „Aber sie wird doch wieder gesund?"

Der Stationsarzt versuchte der Wahrheit behutsam näher zu kommen. „Ihre Frau war schon einmal in stationärer Behandlung. Aus der Krankengeschichte ist nicht zu entnehmen, ob es sich um myeloische oder lymphatische Leukose handelt. – Die chronische lymphische Form entwickelt sich allerdings erst im mittleren Alter, ist relativ gutartig und kann über ein Jahrzehnt bestehen."

Andreas wischte sich den kalten Schweiß von der Stirn. „Und die andere Form?“ fragte er hastig.

„Verläuft in Schüben, ist stürmisch und wird von hohem Fieber begleitet. Doch das muß in München abgeklärt werden, wir sehen uns hier nicht in der Lage, den Krankheitsverlauf präzise zu diagnostizieren.“

Der Bruckhofersohn schrak zusammen. „Nach München?“ rief er heiser. „Fehlt es schon so weit? – Kann meiner Frau nicht mehr geholfen werden?“

„Sie dürfen jetzt nicht in Panik verfallen“, beruhigte ihn sein Gegenüber. „Die Ursache dieser rätselhaften Krankheit ist zwar noch immer nicht ganz ergründet, aber die moderne Medizin ist dabei, sie in den Griff zu bekommen.“

„Und wie lange ist die Behandlung in München notwendig?“ Seine Kehle wurde trocken.

Der Stationsarzt wollte sich nicht festlegen. „Die Verweildauer läßt sich nicht exakt im voraus bestimmen. Doch die Heilungsaussichten sind nicht hoffnungslos, wenn auch die Wahrscheinlichkeit eines Rückfalls in gewissen Zeitabständen nicht ausgeschlossen ist.“

Niedergeschlagen und deprimiert verließ Andreas die Klinik und setzte sich draußen auf eine

Bank. Das war also die Wahrheit. Er hatte genau verstanden, was der Doktor andeutete, auch wenn der Arzt bemüht war, den wirklichen Sachverhalt schonend mit Fremdwörtern zu umschreiben.

Andreas saß wie angewurzelt auf der nassen Plastikbank. Es war kälter geworden. Der Wind peitschte ihm den Regen ins Gesicht. Andreas merkte es nicht. Seine Kehle war wie ausgedörrt, die Hände zitterten, und er fühlte sich im Augenblick nicht fähig, den Wagen zu lenken.

Andreas verließ schließlich durchnäßt das Krankenhausgelände, bog in eine Seitenstraße ein und entdeckte eine kleine Gaststätte. Wie benommen betrat er das Lokal und setzte sich wahllos an einen leeren Tisch. Irgendwo kreischte eine Musikbox.

Andreas Gedanken überstürzten sich. Sollte der Vater recht behalten haben, als er die Heirat zu verhindern versuchte?

Gleichzeitig tänzelte der Kellner heran. „Was soll es sein?" fragte er dienstbeflissen.

Andreas fuhr erschrocken zusammen. „Ach so. – Bringen Sie mir einen . . ."

„Wie bitte?"

Der seltsame Besucher im Lodenmantel antwortete nicht.

„Ich habe Sie nicht verstanden, mein Herr", sagte der Kellner. Der Gast machte eine müde Handbewegung. „Ist egal. Bringen Sie, was sie wollen."

„Vielleicht einen Kognak?"

„Meinetwegen", antwortete er gleichgültig und starrte gedankenverloren vor sich hin.

Der Kellner brachte das Glas. Andreas trank es in einem Zug leer. „Bringen Sie mir noch einen", verlangte er wie abwesend und versuchte sich mit der schmerzlichen Erkenntnis abzufinden, daß ihm das Schicksal nur eine kurze Zeit des Glücks gewährte.

*

Noch rechtzeitig vor Weihnachten fiel der erste Schnee. Unaufhörlich wirbelten die weißen Flocken hernieder und verzauberten die Landschaft. In den Wäldern krümmten sich die Fichtenäste, auf entlegenen Weilern hatte man Mühe, die Wege freizuschaufeln. Der Bruckhof mutete beinahe klein an, als schien er sich zu ducken unter der weißen Last, und an der Westseite türmten sich die Schneewehen schon bis zu den niedrigen Fenstern.

In diesen Tagen begannen die Winterferien – für Martin sollten es die letzten werden.

Am Heiligen Abend, kurz vor dem Mittagessen, machte sich Andreas auf den Weg in den Wald, um die Weihnachtstanne zu holen. Martin begleitete ihn dabei.

Schweigend stapften die Brüder durch den Schnee und hingen ihren Gedanken nach.

Traumhafte Stille umgab die beiden Brüder. Manchmal rieselte etwas Schnee von einem überhängenden Ast, irgendwo schrie eine aufgescheuchte Krähe.

„Wie gefällt es dir denn im Ehestand?“ fragte Martin in das Schweigen hinein, doch er hielt sofort peinlich berührt inne und nagte an der Unterlippe; noch ungeschickter hätte er die Frage nicht formulieren können. „Sei mir nicht böse, Andreas, es war nicht Absicht, dich an deinen Kummer zu erinnern", entschuldigte er sich.

Sein Bruder nahm ihm den Ausrutscher nicht übel. „Laß nur, ist schon vergessen", sagte er leise. „Ich hab mich halt umsonst gefreut, mit einem lieben Menschen glücklich zu werden."

„Das wird schon wieder", leistete ihm Martin brüderlichen Beistand. „Ein jeder hat halt sein Päckchen zu tragen."

„Aber ein wenig zu früh hat mir der Herrgott diese Fügung aufgebürdet – sein Wohlwollen war nur von kurzer Dauer. Warum hat er uns das Leben so schwer gemacht? Ich habe immer rechtschaffen gelebt und nie etwas Böses getan, noch viel weniger die Martha."

„Manchmal erscheint uns sein Wille ungerecht."

„Ja, so könnte man es nennen, obwohl du den würdigen Weg einschlagen sollst, um später seine Lehre zu verkünden."

Martin schüttelte den Kopf wie ein unartiges Kind. „Mich darfst du dabei nicht miteinbeziehen. Ich gehe nicht mehr zurück nach Hallstetten."

„Brav", äußerte Andreas sein Erstaunen. „Da wird sich der Vater aber freuen. Ich glaube, für das viele Schulgeld hätten wir bald einen neuen Traktor bekommen."

„Ich weiß", pflichtete ihm sein Bruder bei. „Aber ich habe mich nie nach höherer Schulbildung gedrängt – allein der Vater wollte es so. Doch vielleicht gelingt es mir, die vergeudeten Kosten abzuarbeiten?"

Andreas wollte sich aus dieser Angelegenheit heraushalten. Noch hatte sein Vater das Sagen, und er mußte sich nicht minder unterordnen wie sein Bruder.

Sie hatten inzwischen das Unterholz erreicht und hielten nach einer schön gewachsenen Fichte Ausschau. Andreas steuerte auf eine geeignete Tanne zu und schüttelte den Schnee ab. „Das ist die richtige", entschied er sich.

Daheim wartete Regina schon darauf, um mit der Bäuerin den Christbaum zu schmücken. Im Ofen brannte ein behagliches Holzfeuer.

Martin wärmte sich die erstarrten Finger an den Kacheln.

„Es hat aufgehört zu schneien", stellte Regina fest.

„Dafür sinkt die Temperatur. Der Himmel klärt sich auf, es wird eine kalte Nacht werden", wußte Andreas zu berichten und spitzte das

Stammende für den gußeisernen Ständer zurecht.

Dem Bruckhofer schien die Prognose ziemlich gleichgültig zu sein. Er fand dafür Anlaß, seinen Zweitgeborenen zu maßregeln, weil er dessen Eigenmächtigkeiten nicht gutheißen wollte.

„Was rennst du denn draußen in der Gegend herum, anstatt dich über deine Bücher zu setzen", gab er seinen Unwillen kund.

„Die frische Luft tut dem Buben gut", stand seine Frau ihrem Sohn hilfreich zur Seite.

Der Bruckhofer machte eine wegwerfende Handbewegung. „Luft zum Atmen findet er hier auch, und ein verschneiter Winterwald ist ja für ihn wohl nichts Neues. Wenn dein Herr Sohn sich beim Lernen so dumm anstellt, muß er versuchen, den Rückstand aufzuholen, auch wenn es in den Ferien ist."

Martin vermochte plötzlich seinen Groll nicht mehr zu zügeln. Der jahrelang aufgestaute Zorn brach sich eine Bahn und ließ ihn die Beherrschung verlieren, weil sein Vater nicht mal den Heiligen Abend zu würdigen wußte, um wieder einen Streit vom Zaun zu brechen.

„Wie lange betrachtest du mich eigentlich noch als dummen Jungen, der allein nach deiner Pfeife tanzen muß?" rief er aufgebracht. „Ich fühle mich allmählich erwachsen und lasse mir nicht länger deinen Willen aufzwingen."

Der Bruckhofer wunderte sich über den Mut seines Sohnes, der es bisher noch nie gewagt hatte, so aufzubegehren.

„Wie redest du denn mit mir? – Ist das der Dank für alles?" brauste er auf.

„Wofür erwartest du denn Dankbarkeit?" gab Martin zornig zurück. „Weil mir meine Jugendjahre verlorengegangen sind? Weil ich mich in Hallstetten sinnlos abgequält habe?" Er ging auf die Anrichte zu, wo die Schultasche stand, griff wahllos nach einigen Büchern und warf sie verbittert auf den Boden. „Hier – das Papier kannst du zum Anheizen verwenden. Ich laß mich nicht mehr länger bevormunden wie ein Waisenkind."

Der Bruckhofer rang nach Luft, seine Stimme bebte. „Weißt du denn überhaupt was du sagst, du Rotzlöffel? – Reicht es noch nicht, daß wir wegen deiner sauberen Stiefschwester ins Gerede gekommen sind? Willst du mich zum Gespött machen?" erboste er sich.

„Ich brauche mich nicht zu schämen, wenn ich zu naturverbunden bin, um das kostspielige Studium fortzusetzen", widersprach er sofort.

„Ich bin kein Heide und glaube an die Welt und ihre Wunder, aber ich kann mich nie an so ein einschichtiges Leben gewöhnen. Ich glaube, unser Herrgott zeigt dafür mehr Verständnis."

„Der mußte auch nicht für die Schulkosten aufkommen", platzte dem Bruckhofer heraus. „Andere wüßten es zu schätzen, so einen Weg antreten zu dürfen, aber du verzichtest darauf und wirst immer ein Dienstbote bleiben", entgegnete er außer sich.

„Ja, lieber verdinge ich mich als Holzknecht bei fremden Leuten, als in das verhaßte Hallstetten zurückzukehren, wo ich seelisch langsam zugrunde gehe. Aber darauf hast du ja nie Rücksicht genommen, um dir mit dem Schulgeld Ansehen und Ehre zu erkaufen."

„Nur zu, sprich dich nur aus", keuchte sein Vater mühsam. „Aber diesmal hast du dich verrechnet, Bürschchen. Mit mir kann man nicht Schindluder treiben. Jetzt hast du dir alles verscherzt."

„Spar dir deine Drohung, ich habe nichts zu verlieren."

„Enterben tu ich dich!"

„Auf mein Pflichtteil habe ich Anspruch."

„Aber erst nach meinem Tod – und ich fühle mich noch sehr rüstig."

„Dann behalte dein Geld“, trotzte Martin.

„Da kannst du sicher sein – hast mich ein kleines Vermögen gekostet.“

„Mach was du willst, ich finde schon irgendwo ein Unterkommen.“

„Worauf wartest du dann noch?“ rief der Bruckhofer entschlossen.

„Aber Jakob, du kannst doch dem Buben nicht das Zuhause verwehren“, wandte seine Frau weinerlich ein.

Ihr Mann zeigte sich unnachgiebig. „Er soll ruhig sehen, wie er im Leben zurechtkommt – ich halte ihn nicht zurück!“

Martin ging zur Stubenecke, wo verschüchtert Regina stand und griff nach ihrer Hand. „Komm, Regina, für uns ist hier kein Platz mehr.“

Sein Vater verfolgte mißbilligend diese Verschwörung. „Ach, so sieht das also aus? In der Schule käme er nicht mit, redete er sich heraus, aber zur Lumperei ist er nicht zu blöd. Wie lange geht denn das schon mit euch?“

„Ich hab’ mir das Datum nicht aufgeschrieben“, entgegnete Martin lakonisch.

Der Bruckhofer zeigte zur Tür. „Ich denke, jetzt reicht es. Verschwindet, ich will euch hier nicht mehr sehen.“

Sein Sohn winkte gelassen ab. „Du mußt dich noch etwas in Geduld fassen, bis wir unsere paar Sachen verstaut haben, dann bist du uns endlich los. – Hoffentlich tut es dir nicht einmal leid, deinen Sohn verstoßen zu haben“, sagte er eindringlich und verließ entschlossen mit Regina die Stube.

Eine Stunde später schritten sie auf der verschneiten Landstraße dahin, die nach Breitenbach zur Bahnstation führte.

Martin schob Reginas Rad neben sich her. Er hatte Mühe, die Balance zu halten. Die beiden Koffer auf dem Gepäckträger verteilten das Gleichgewicht zu sehr nach hinten und an der Lenkstange pendelte ein Plastikbeutel.

Es begann zu dämmern. Schneidender Ostwind fegte über die kahlen Felder hinweg, unter deren Schneedecke die Wintersaat atmete. Eine beängstigende Stille lag über der einsamen Landschaft, nur der Schnee knirschte unter ihren Schuhen.

„Ich bin dir bedenkenlos gefolgt, weil wir zusammengehören“, sagte sie in das Schweigen hinein und band ihr Kopftuch fester. „Ich glaube, ich würde dich bis ans Ende der Welt begleiten, ohne Furcht, was mich erwartet.“

Martin drückte ihre Hand fester. „Du brauchst keine Angst zu haben, ich werde für dich sorgen, Regina."

„Hast du schon ein festes Ziel?"

Martin sah zuversichtlich in die Zukunft. Er hatte noch in Hallstetten einen Plan ausgeklügelt, weil er die Reaktion seines Vaters voraussah.

„Die Eltern eines ehemaligen Schulkameraden haben ebenfalls ein größeres Anwesen mit viel Waldbesitz. Dort finden wir zunächst eine Bleibe, und im Winter gibt es im Holz genug Arbeit für mich."

„Ich werde die Hände nicht in den Schoß legen und kann mich sicher auch nützlich machen. Wir haben beide keine Reichtümer, aber meine Ersparnisse müßten für die ersten Anschaffungen reichen", teilte das Mädchen seinen Optimismus.

Als sie die wenigen Häuser von Breitenbach erreichten, war es vollends dunkel geworden. In den Fenstern, hinter denen behaglich die Öfen knisterten, brannten vereinzelt schon die Kerzen eines Weihnachtsbaumes.

„Mußt nicht traurig sein, auch für uns kommen bessere Tage", sagte er leise und fühlte, wie sie gegen die Tränen ankämpfte.

Regina wischte sich die Augen trocken. „Ist schon wieder vorbei, weil du bei mir bist."

Das verträumte Bahnhofsgebäude lag wie ausgestorben in der Winternacht. Nur oben in der Dienstwohnung brannte Licht.

Die kleine Abfertigungshalle war nur kümmerlich beleuchtet. Hinter dem Schalter war es dunkel.

Martin drückte eine Klingel. Man hörte schlurfende Schritte, eine hölzerne Treppenstufe knarrte.

Der Schalterbeamte knipste das Licht an und schob das Glasfenster hoch. „Es ist vielleicht ungewöhnlich, wenn man in einem Bahnhof est nach dem Personal klingeln muß, aber hier kommen kaum noch Fahrgäste", erläuterte er. „Diese Strecke ist zu wenig ausgelastet und soll bald ganz stillgelegt werden."

„Zwei Fahrkarten einfach." Martin nannte das Reiseziel.

Der Beamte lächelte mitleidig. „Das wird heute nicht mehr möglich sein, der letzte Anschlußzug ist vor einer halben Stunde abgefahren. Möglichkeit zur Weiterfahrt haben sie erst morgen früh 7.38 Uhr."

Die beiden sahen sich betroffen an. „Was machen wir nun?" fragte Martin ratlos.

Für einen Augenblick erwog Regina, ein Taxi zu rufen, aber sie verwarf diese Möglichkeit sofort wieder; das Fahrgeld in die etwa fünfzig Kilometer entfernte Ortschaft erschien ihr zu unerschwinglich und riß ein zu großes Loch in ihren ohnehin schmalen Etat.

Die Situation gestaltete sich noch trostloser, weil es in Breitenbach kein Gasthaus gab, das über Fremdenzimmer verfügte.

Der Bahnbedienstete stand kurz vor der Pensionierung, und seine langen Dienstjahre verhalfen ihm dazu, die verspäteten Fahrgäste mit geübtem Blick abzuschätzen, die mit durchziehenden Landstreichern nichts gemein hatten.

„Wo kommt ihr denn her?" fragte er beinahe väterlich. „Bis von Tannried? Da müßt ihr aber durchgefroren sein, das ist ja fast eine Wegstunde?" Er ahnte gleich die Beweggründe, als die beiden ihm hilflos gegenüberstanden, und brachte ihre Anwesenheit rasch mit einer familiären Unstimmigkeit in Zusammenhang.

„In meiner kleinen Wohnung ist nicht viel Platz, weil sich meine Tochter mit Schwiegersohn und Enkel aus Rosenheim traditionsgemäß angemeldet haben und bis morgen hierbleiben werden."

„Können wir die Nacht im Warteraum verbringen, wenn Sie nichts dagegen haben?" bat Martin.

„Natürlich habe ich nichts dagegen", willigte der Stationsvorsteher ein. „Aber ich werde etwas Holz holen, damit ihr den kleinen Ofen anheizen könnt."

Bald darauf strömte der alte Kanonenofen behagliche Wärme aus. Der Mann brachte anschließend eine Kanne mit heißem Tee, zwei Tassen und einen Teller mit Gebäck. Er faltete die Decke auseinander, die er unter den Arm geklemmt hatte und legte sie Regina über den Rücken.

„Ich will nicht, daß du friest, Mädchen", meinte er gutmütig, griff noch in seine Jackentasche nach einer Kerze und zündete sie bedächtig an. „Auch wenn es makaber klingt – ich wünsche euch beiden eine frohe Weihnacht", sagte er feierlich und entfernte sich.

Martin legte den Arm um seine Begleiterin. „Ist dir noch kalt?" fragte er fürsorglich.

„Nein, ich spüre ja deine Wärme", antwortete sie leise und legte ihren Kopf an seine Seite.

Die Kerze flackerte zunächst unruhig, spendete dann aber ein anheimelndes Licht.

Wenig später läuteten draußen die Kirchenglocken in die Heilige Nacht.

*

Die bedrückte Stimmung hielt auch noch an, als Andreas am zweiten Feiertag mit den Eltern nach München fuhr, um Martha im Krankenhaus zu besuchen.

„Die Martha wird sich wundern, weil Martin nicht mitgekommen ist“, gab die Bruckhoferin zu verstehen, die mit ihrem Mann im Fond des geräumigen Wagens saß. „Mußte das eigentlich sein?“ fing sie wieder zu lamentieren an. „War es notwendig, daß ihr euch so zerstritten habt? – Jetzt hast du sie bald alle aus dem Haus.“

Sein Gesicht blieb unbeweglich. „Er hatte es so gewollt.“

„Du hast ihm aber das Haus verboten“, ließ Andreas vom Fahrersitz aus vernehmen.

„Warum mußte er mir die Bücher streitlüstern vor die Füße schmeißen? Er hatte es von Anfang an darauf abgesehen, sich mit mir anzulegen.“

„Du hattest ihm am Heiligen Abend den kurzen Weg in den Wald mißgönnt“, warf Andreas seinem Vater vor.

Der Bruckhofer überhörte den Vorwurf. „Vielleicht kommt er bald wieder zur Einsicht? Ich bin der Letzte, der ihm sein Zuhause verwehren würde."

„Aber du hast es getan", beharrte sein Ältester.

„Wo werden sie denn die Nacht verbracht haben bei der Kälte? – Dem Buben fehlt doch jede Selbständigkeit, weil ihn die Frau Steingruber in Hallstetten jahrelang so verwöhnt hat", begann seine Frau wieder zu wehklagen.

„Mach dir keine unnötigen Sorgen, die Regina war immer schon auf sich allein gestellt und wird schon auf ihn aufpassen", versuchte er die Angelegenheit zu verharmlosen.

Der Wagen näherte sich der Peripherie. Andreas hatte Mühe, sich in der Großstadt zurechtzufinden. Er hatte bereits zwei Stadtteile umfahren, bis freundliche Passanten ihm den richtigen Weg wiesen.

Als Andreas schließlich die Klinik erreichte, begann gerade die Besuchszeit, und eine kaum überschaubare Menschenmenge strömte dem Eingang zu. Der Bruckhofersohn fand noch eine Parklücke, stellte das Fahrzeug ab und schloß sich dann mit den Eltern den Besuchern an.

Sie mußten sich erst durchfragen. Der Fahrstuhl brachte sie in das dritte Stockwerk, dann lag ein langer Flur vor ihnen. Kurz bevor sie das Zimmer zweihundertneun erreichten, begegnete Andreas zufällig dem Oberarzt, der Bereitschaftsdienst hatte. Andreas deutete den Eltern an, das Krankenzimmer vorerst allein zu betreten er wollte die Gelegenheit wahrnehmen, sich nach dem Befinden seiner Frau zu erkundigen.

Zögernd drückte die Bruckhoferin die Klinke nieder. Marthas Bett lag an der Fensterseite.

Sie lächelte ihnen müde zu. Ihr Gesicht wirkte blaß, die Wangen eingefallen. Die Augen waren gerötet und ließen keinen Zweifel, daß sie geweint hatte.

„Wo ist Andreas?" fragte sie enttäuscht.

Die Bruckhoferin klärte sie auf und holte zwei verschnürte Päckchn aus der Tasche. „Das mit dem Silberband ist von Andreas, das andere von uns. Hoffentlich gefällt es dir?" lenkte sie ab.

Martha bedankte sich und richtete sich etwas auf. „Ich hatte mir das erste Weihnachten ganz anders vorgestellt", sagte sie traurig und verbiß tapfer die aufkommenden Tränen.

„Ihr habt noch viele Weihnachten vor euch", meinte ihre Schwiegermutter zuversichtlich.

Martha zweifelte daran, denn die ernsten Gesichter der Ärzte während der Visite gaben keinen Anlaß zur Euphorie. „Wer weiß, wie lange ich ihm noch seine Frau sein kann? – Unsere Ehe ist von meiner Krankheit überschattet. Vielleicht hat Andreas es insgeheim schon bereut, daß er mich geheiratet hat?"

„So etwas darfst du nicht denken, Martha", versuchte ihr die Bruckhoferin auszureden. „Der Andreas hat dich doch noch genauso gern wie am ersten Tag, und er freut sich wohl am meisten, wenn du wieder bei uns sein kannst."

„Bis zum Frühjahr möchte ich wieder daheim sein, da gibt es doch am meisten zu tun auf dem Hof."

Der Bruckhofer wünschte es sich, weil jetzt auch noch die Regina fehlte, doch er blieb skeptisch, ohne sich etwas anmerken zu lassen. Im Laufe des Gesprächs erfuhr er vom Besuch ihrer Eltern am gestrigen Tage, was ihm sehr gelegen kam, weil er nicht unbedingt mit dem Sägemüller hier zusammentreffen wollte.

Währenddessen blätterte der Oberarzt mit nachdenklichem Gesicht in den Krankenakten.

„Es sieht leider nicht sehr erfolgversprechend aus", bemühte er sich, dem jungen Mann schonend beizubringen. „Die Erfolgschancen bei der Bekämpfung der vielfach tödlich verlaufenden akuten Leukämie haben sich in den letzten Jahren zwar verbessert, aber ein negativer Verlauf läßt sich leider nicht ganz ausschließen. Eine frühzeitige Transplantation verspricht noch die größte Erfolgsrate, aber meistens fehlt es an geeigneten Spendern."

„Könnte ich mich für diesen Eingriff zur Verfügung stellen?" fragte Andreas spontan.

Der Mediziner mußte ihn enttäuschen. „Das übertragene Knochenmark muß in der Gewebestruktur übereinstimmen – und dies ist nur bei Geschwistern der Fall. Auch ist die Abstoßungsreaktion durch die Abwehrkräfte des Empfängerorganismus zusätzlich noch ein Problem."

Andreas hörte den Arzt wie aus weiter Ferne sprechen. Er erwähnte noch, daß so ein Eingriff zudem risikoreich sei, der wegen der Ganzkörperbestrahlung und intensiven zytostatischen Vorbehandlung einer besonderen ärztlichen Betreuung bedürfe, versuchte noch andere Fakten zu periphrasieren und verschanzte sich hinter lateinischen Fachausdrücken.

„Das heißt, sie muß – sterben?“ fragte er wie benommen. Seine Zunge schien am Gaumen zu kleben.

Der Arzt bekannte sich zur Wahrheit. „Die Behandlung mit Chemotherapie läßt leider keine große Lebensdauer erwarten.“

„Wie lange – wie lange hat sie noch zu leben?“

Der Oberarzt zögerte. Er schien zu erwägen, ob er den jungen Mann mit der grausamen Realität konfrontieren durfte.

„Zwei Jahre“, antwortete er endlich. „Vielleicht auch drei?“

Andreas schrak zusammen. Die Stimme des Arztes erschien ihm in diesem Augenblick lauter als alles, was er bisher gehört hatte. Wie verstört lief er auf den Flur hinaus und torkelte beinahe ins Krankenzimmer.

Der Bruckhofer merkte sofort, daß der Arzt nichts Erfreuliches mitgeteilt hatte, aber er vermied alles, was Martha unnötig in Angst versetzen konnte und sagte statt dessen: „Wir lassen euch jetzt allein und warten unten am Wagen. Junge Leute haben sich oft was zu sagen, was nicht für fremde Ohren bestimmt ist“, schmunzelte er, reichte seiner Schwiegertochter die Hand und verließ mit seiner Frau das Krankenzimmer.

Martha ergriff die Hand ihres Mannes und drückte sie an ihr Gesicht. „Ich danke dir für die schöne Halskette“, flüsterte sie. „Dein Norwegerpullover ist leider nicht mehr rechtzeitig fertig geworden. – Das war ein trauriges Weihnachtsfest.“

„Das holen wir nächstes Jahr alles nach.“

„Hoffentlich, ich habe schon Heimweh nach zu Hause. – Was hat der Doktor gesagt?“

Andreas spürte ein seltsames Würgen im Hals. „Er hofft, daß er dich bald entlassen kann“, vertröstete er sie mit einer barmherzigen Lüge.

Martha lächelte versonnen. „Gott sei Dank, du fehlst mir so.“

Aus dem Wandlautsprecher oberhalb der Türen gab eine kreischende Stimme das Ende der Besuchszeit bekannt.

„Wann kommst du wieder?“ drängte sie.

„Bald“, versprach er und verabschiedete sich schließlich.

Der Bruckhofer hatte inzwischen ausreichend Zeit gefunden, sich unten auf dem Parkgelände mit seiner Frau zu unterhalten. „Ich habe das kommen sehen, Barbara, aber der Bub wollte ja nicht auf mich hören. Deswegen habe ich mich damals mit dem Sägemüller auf die zwei Jahre festgelegt. Es war nicht Herrschsucht, warum ich diesen Zeitraum für notwendig hielt. Wäre das Dirndl gesund gewesen, hätte ich mich seinerzeit bestimmt nachsichtiger gezeigt wegen der Hofübergabe.“

„Er möchte halt selber werkeln“, machte sie ihm verständlich.

„Das kann er noch früh genug, aber ich möchte die zwei Jahre noch abwarten, wie es notariell ausgemacht ist.“

„Weil es dein Eigensinn nicht zuläßt.“

Der Bruckhofer überhörte den Vorwurf. „Nein, das hat andere Gründe. Wenn ihn nämlich die Martha allein zurückläßt, dann wird er bestimmt auf die Dauer kein Witwer bleiben. Es würde ihm auch niemand verübeln – er ist noch zu jung zum Alleinbleiben. Hab' ich ihm aber schon alles überschrieben, dann bringt er mir vielleicht eine auf den Hof, mit der ich nicht einverstanden bin. Rücksicht braucht er ja dann nicht mehr zu nehmen. So aber ...“ Der Bruckhofer brach den Satz abrupt ab, weil sein Sohn sich ihnen näherte.

Andreas ließ den Motor anspringen und manövrierte den Wagen aus dem Parkplatz. Er blieb weiterhin wortkarg und konzentrierte sich auf den Straßenverkehr. Bald wechselten die dichtbebauten Straßenzüge mit weiter auseinanderliegenden Häusern. Erst als sie den Stadtrand erreicht hatten und die Ampelanlagen immer seltener wurden, kam der Bruckhofer auf das Gespräch mit dem Arzt zurück.

„Was meint der Doktor?" fragte er fast behutsam.

Andreas bog in die Autobahn ein. „Wir müssen wahrscheinlich das Schlimmste befürchten", antwortete er kaum hörbar. „Martha hat nur noch zwei Jahre zu leben!"

Seine Mutter schreckte auf. „Jesus Maria!"

„Auch Ärzte können irren", bemühte sich der Bruckhofer das ernste Thema etwas zu entdramatisieren. „Denk' doch an den alten Puchrainer, dem haben die Ärzte damals auch nur noch eine kurze Zeit gegeben, und nun sitzt er am Sonntag immer noch im Wirtshaus und spielt seinen Tarock."

Andreas fand den tröstlichen Vergleich unpassend. Der Puchrainer hatte ein Magenkarzinom, das mit neuartigen Bestrahlungsmethoden noch rechtzeitig ausgeheilt werden konnte.

„Ich werde einen Bittgang nach Altötting unternehmen", versprach die Bruckhoferin mitfühlend.

Andreas hielt nicht viel von Wunderheilung und vertraute mehr der ärztlichen Kunst. Doch was nützten Prognosen von Erfolgsraten in Prozenten ausgedrückt, wenn der Tod schon seine engere Wahl getroffen hatte und bereits lauernd nach seiner Frau Ausschau hielt?

*

Allmählich mußte der Winter seinen Rückzug antreten. Schon seit Tagen zog von den Bergen ein lauer Föhnwind herüber und ließ die braunen Flächen auf den Feldern immer größer werden. An den zarten Birkenästen zeigte sich bereits zaghaft das erste Grün, und eine Woche darauf zauberte die Sonne den ersten Frühlingstag in das Tal.

Andreas empfand diesen Gezeitenwechsel mit doppelter Freude, denn seit gestern war seine junge Frau wieder zu Hause. Ein gnädiges Schicksal ließ sie gönnerhaft, wenn auch nur befristet, des Lebens helle Stunden auskosten. Aber es war eine Entlassung auf Zeit, und die grausame Krankheit konnte ebenso rasch wieder zum Ausbruch kommen, trotz genauer Einhaltung der ärztlich festgelegten Medikation.

Andreas mußte mit der Feldarbeit beginnen. Neben ihm saß Martha auf dem Trakor, er wollte ihr die bescheidene Bitte nicht abschlagen. Am Acker angekommen, verließ sie das Fahrzeug und setzte sich auf eine verwitterte Bank.

Der Pflug hinter den schweren Rädern setzte Furche um Furche. Der Geruch frisch aufgebrochener Erde erfüllte die Luft und unterschied sich wohltuend vom unangenehmen Gemisch aus Chloroform, scharfem Bohnerwachs und stickiger Krankenhausatmosphäre.

Ein Bussard zog geräuschlos seine Kreise und verharrte dann flatternd, um nach Beute zu spähen. An den Feldrändern lugten vorwitzig Schlüsselblumen aus dem Boden, in der Tiefe des Waldes schrie ein Kuckuck.

Martha konnte den beschaulichen Anblick nicht lange genießen – sie fror plötzlich. Sie stand auf, gab Andreas durch Handzeichen ihren Aufbruch zu verstehen und ging langsam ins Dorf zurück.

Doch der Sonnenschein hielt nicht lange an, schon am übernächsten Tag schlug wieder das Wetter um. Die Temperatur sank, es regnete und schneite abwechselnd durcheinander wie im November.

Am Nachmittag, Martha hatte für eine Stunde das Bett aufgesucht, während die Bruckhoferin sich zu einem kurzen Plausch bei der Schlosserin aufhielt, wollte Andreas die günstige Gelegenheit zu einem Gespräch wahrnehmen, das er sich schon mehrmals vorgenommen, aber immer wieder hinausgeschoben hatte.

Sein Vater schien nicht mißgelaunt zu sein; er saß bequem auf dem Ledersofa und setzte genüßlich seine Pfeife in Brand.

Andreas trat ans Fenster und blickte durch die beschlagenen Scheiben. „Hab' nicht geglaubt, daß es noch mal zum Schneien kommt", tastete er sich vor. Der Bruckhofer maß dem Wetterumschwung nur wenig Bedeutung bei.

„Das ist doch fast jedes Jahr um diese Zeit. Aber der bleibt nicht mehr liegen, dazu ist der Boden schon zu warm. Muß eben die Feldarbeit liegen bleiben, bei dem Sauwetter. Du kannst ja das geschnittene Holz aufrichten neben dem Schuppen."

Andreas spürte sofort wieder ein Unbehagen in sich aufsteigen. Das Unterordnen fiel ihm seit seiner Verheiratung immer schwerer. Eine gallige Bitterkeit kroch über seine Seele bei dem Gedanken, daß er noch lange der Befehlsempfänger bleiben würde.

„Wie ein Dienstbote komme ich mir vor", gab er seinen Unwillen kund.

Der Bruckhofer sah kaum auf. „Was soll denn das dumme Geschwätz?"

„Ist doch wahr", begehrte sein Sohn auf. „Nichts wie anschaffen tust du den ganzen Tag. Jetzt machst du das, dann fährst du aufs Feld hinaus, hernach ist im Wald zu tun, dann sägst du Holz. – Allmählich fühle ich mich wie ein Knecht, der nach deiner Pfeife zu tanzen hat."

Der Bruckhofer faßte seinen Sohn genau ins Auge. „Und du möchtest halt gern selber pfeifen, was?"

Andreas hörte aus den Worten ganz deutlich den Hohn heraus. „Ich finde deinen Spott unangebracht, schließlich mache ich meine Arbeit, wie es sich gehört, ohne aufzumucken."

„Habe ich mich jemals darüber beschwert?"

„Nein, aber manchmal wird mir trotzdem bewußt, daß ich ein Lattierl geworden bin, das zu kuschen hat."

„Übertreib' nicht so maßlos", wies ihn sein Vater zurecht.

„Da ist nichts übertrieben, oder weißt du nicht mehr, wie du den Martin aus dem Haus gewiesen hast, weil er es an Gehorsam hat fehlen lassen?"

„Leg' diese unleidige Geschichte nicht zu deinem Vorteil aus", wandte er ein. „Abmachungen werden nun mal gemacht, damit sie eingehalten werden."

„Abmachungen", betonte er geringschätzig. „Warum hältst du unbedingt an diesem Termin fest? Ich habe ohnehin schwer genug zu tragen an meinem Geschick, und eine Änderung deines sturen Entschlusses würde mir über dieses traurige Los sicher leichter hinweghelfen."

Der Bruckhofer pfaffte dicke Rauchwolken. „Warum ereiferst du dich nur so? Du weißt genau, daß dir der Hof sicher ist."

„Es fragt sich nur wann? Woanders ist es halt Brauch, daß das Anwesen an den älteren Sohn übergeht, wenn eine junge Bäuerin einzieht."

„Ich könnte dir jetzt was entgegenhalten, was woanders auch der Brauch ist, aber ich will dir nicht unnötig wehtun", konterte sein Vater.

„Ich weiß auch so, was du sagen wolltest", entgegnete Andreas erregt. „Aber ich mochte nicht glauben, daß Martha schon vor unserer Hochzeit so krank war."

„Ich habe dich darauf hingewiesen, doch warum soll ich dir Vorwürfe machen, die ja doch nichts mehr ändern. – Von mir aus teilst du dir ab jetzt die Arbeit selber ein, wenn du das Gefühl nicht los wirst, ich würde dir zuviel zumuten. Aber der Übergabetermin bleibt!"

Andreas gab sich mit diesem Entschluß nicht zufrieden, er wollte Gewißheit haben, was seine Zukunft betraf.

„Und was geschieht, wenn die Martha noch vorher für immer die Augen schließt?“ fragte er eindringlich. „Wenn das eintrifft, was Gott vermutlich nicht zu verhüten bereit ist, dann machst du doch deine Zusage wieder rückgängig? Deine Verpflichtung ist ja dann wahrscheinlich juristisch nicht mehr verbindlich. Und auch dem Sägemüller wird es ziemlich gleichgültig sein, ob du dich nach Ablauf dieser Frist an die Abmachung hältst. – Also, was ist dann? Muß ich vielleicht wieder warten, bis dir eine andere Regelung einfällt?“

Der Bruckhofer fühlte sich in die Enge getrieben. Er wußte diese unerwartete Frage nicht befriedigend zu beantworten. Er verspürte auch keine Lust, die unerfreuliche Unterhaltung unnötig in die Länge zu ziehen, und erhob sich mühsam.

„Zunächst bleibt es wie abgemacht – und dann sehen wir weiter“, ließ er Einzelheiten offen und verließ schließlich die verqualmte Wohnstube.

Andreas riß wütend das Fenster auf. Er blickte hadernd in das Schneetreiben und ahnte, daß noch viel Zeit verstreichen würde, bis er den Hof sein Eigen nennen durfte.

*

Leuchtendes Sonnengelb lag über den Weiten des Landes. Die Felder prangten schon im saftigen Grün, und in den Wiesen leuchteten hell die Schlüsselblumen.

Es glich beinahe einem Ereignis, wenn in Tannried ein Taxi hielt, dem ein Mädchen entstieg, deren Aufmachung allein, trotz der Gewöhnung an freizügige Illustriertenabbildungen, schon zu frivolen Gedanken anregte.

Es war wahrhaftig kein aufkommendes Heimweh, das Loni, einer spontanen Regung folgend, veranlaßte, die ländliche Beschaulichkeit aufzusuchen, sondern eiskalte Berechnung.

Zu ihren Schlechtigkeiten, die sie in der Stadt rasch angenommen hatte, gesellte sich noch die kriminelle Erkenntnis, daß sich auch ohne unmoralische Gegenleistung Belastendes anderer Leute bei Drohung, es der Öffentlichkeit preiszugeben, in klingende Münze umschlagen ließ.

Nachdem ihr väterlicher Freund sich einer sechswöchigen Regenerationskur in Bad Wörishofen unterzogen hatte und auch die anderen Verehrer sich etwas knauserig zeigten, wäre ihr eine finanzielle Zuwendung sehr gelegen gekommen. Zudem beabsichtigte das Mädchen, bei der Gelegenheit eine alte Rechnung zu begleichen. Es fühlte sich ausgebeutet und hatte schnell erkannt, für wie wenig Geld es jahrelang schwerste Arbeit verrichten mußte.

Loni übersah es distinguiert, wenn hinter manchem Fenster sich die Vorhänge bewegten, und ging mit wiegenden Schritten die Dorfstraße entlang.

Beim Riedler-Anwesen fuhr der Sohn gerade eine Schubkarre voll Mist auf den Dunghaufen.

Loni rümpfte geringschätzig die Nase und würdigte den Burschen keines Blickes. Sie trug zwar nur hautenge Jeans und einen knallbunten Pullover, aber beide waren eng genug, um keine Irrtümer aufkommen zu lassen, die ihre Anatomie betrafen.

Der Korbinian erkannte das Mädchen sofort, trotz der hypermodernen Frisur und den gefärbten Haaren. Er hatte in Ingolstadt seinen Wehrdienst abgeleistet und fixierte unverhohlen die angenehmen Rundungen der leichtfertigen Person.

„Bist aber stolz geworden“, rief er ihr nach, doch sie überhörte es geflissentlich und näherte sich ohne Hemmungen dem Bruckhof.

Die Hühner wühlten Löcher in den warmen Sand und streckten wohlig ihre Federn in der Sonne.

Im Flöz verweilte die ungebetene Besucherin einen Augenblick und drückte dann, ohne erst anzuklopfen, die Klinke nieder.

Die Bruckhoferin befand sich allein in der Stube und sah die Fremde fragend an.

„Guten Tag!“ entschloß sich Loni zu einem flüchtigen Gruß.

Die Frau hatte Mühe, ihre Pflegetochter wiederzuerkennen, dann huschte ein freudiges Aufleuchten über ihr verhärmtes Gesicht. „Ja, ist das die Möglichkeit?“ staunte sie. „Komm, laß dich anschauen, Dirndl, bist du es wirklich? Du hast dich aber verändert. Wie lange bist du jetzt schon weg von uns? Muß ja schon über ein Jahr sein?“

„Ich habe mir nicht die Mühe gemacht, darüber nachzudenken“, erwiderte sie respektlos.

„Und wie geht es dir? – Bist du damals nicht in die Landwirtschaft gegangen?“

„Das müßte man mir eigentlich ansehen“, erwiderte die Besucherin schnippisch.

„Freilich könnt’ man das. Wie habe ich bloß so dumm fragen können, obwohl, die Bauernarbeit muß halt auch gemacht werden“, verbesserte sich die Bruckhoferin, aber sie kam nicht auf den Gedanken, daß die dick aufgetragene Schminke die verlebten Gesichtszüge kaschieren sollte.

„Aber was machst du dann?“ drängte sich ihr die Frage auf.

„Ich bin bei einer gutsituierten Familie in Schwabing in Stellung“, log sie prompt.

„Brav. Das kann nie schaden, wenn ein Mädchen richtig kochen lernt.“

„Wir haben eine Köchin“, belehrte sie die Pflegetochter ohne Gewissensbisse.

„Dann hast du bestimmt genug Arbeit mit der vielen Wäsche?“ folgerte die alte Frau weltfremd.

„Das besorgen alles die Waschmaschine und der Bügelautomat“, rühmte Loni unverblümt.

„Aber du wirst doch nicht umsonst bezahlt?“ rätselte die Bruckhoferin.

„Ich muß mich lediglich um die Bodenpflege kümmern, etwas Staub wischen und die beiden schulpflichtigen Kinder betreuen“, schilderte sie hemmungslos.

„Dann hast du es aber gut getroffen bei so feinen Leuten.“

„Natürlich, der Mann ist Regierungsbeamter“, antwortete sie mit einem raffinierten Augenaufschlag und zündete sich mit eleganten Bewegungen eine Zigarette an.

Loni hatte es nicht schwer, der Pflegemutter ihre angeblichen Tätigkeitsbefugnisse glaubhaft zu machen. Die Bruckhoferin behandelte das Mädchen wie früher nie stiefmütterlich, hatte sie stets zur Ehrlichkeit erzogen und sah daher keinen Grund, die Darlegungen anzuzweifeln.

„Und jetzt willst du bei uns etwas Urlaub machen?“ forschte sie ohne Argwohn.

Loni hatte bereits eine neue Lüge parat. „Ja, die Herrschaft ist mit den Kindern an die Côte d’Azur geflogen, und da möchte auch ich etwas ausspannen.“

„Recht hast du, Dirndl. Wo man aufgewachsen ist, fühlt man sich halt am wohlsten.“

Loni ließ sie gerne in dem Glauben. „Und was gibt es bei euch Neues?“ schützte sie familiäre Verbundenheit vor.

Die Bruckhoferin konnte Martins Weggehen mit Regina nicht verheimlichen, berichtete von Andreas’ Hochzeit im vergangenen Herbst und erwähnte seufzend den Kummer mit seiner kranken Frau.

„Aber ich erzähle dir das immerfort – du wirst sicher Hunger haben? Blutwurst und Sauerkraut ist noch übrig von Mittag, ich werde es dir warm machen."

Loni zog sofort die Nase hoch und lehnte dankend ab. „Nein, bemühe dich nicht, mein Magen muß sich erst an eure Kost wieder gewöhnen."

„Dann laufe ich schnell zum Wirt hinüber und bringe etwas Aufschnitt."

„Mach dir keine Umstände", wandte Loni ein, „ich muß auf meine Linie achten."

Ihre Pflegemutter ließ sich nicht abhalten. „Das wäre ja noch schöner. Hungern brauchst du bei uns nicht. Und später kannst du dir das Bett überziehen, deine Kammer steht immer noch leer", bedeutete sie gastfreundlich, wechselte die Schuhe und verließ das Haus.

Loni sah vom Fenster aus die Frau den Kiesweg hinabtrippeln und überlegte gerade, ob der Bruckhofer über ihren plötzlichen Besuch wohl auch so entzückt sein würde, als draußen schlurfende Schritte zu vernehmen waren. Sie hatte die unverwechselbare Gangart noch gut in Erinnerung und sah gespannt der unerwarteten Begegnung entgegen.

Der Bruckhofer erkannte sie sofort, trotz der mondänen Aufmachung.

„Du? – Was verschafft uns denn die Ehre deines plötzlichen Besuchs?“ höhnte er abfällig und zog die Stirn in Falten.

„Das Heimweh hat mich überwältigt“, erwiderte sie mit beißendem Spott. „Ich konnte es kaum erwarten, dich wieder zu sehen.“

„Spare dir deine Phrasen“, bemerkte er frostig, von einer unguten Ahnung befallen. „Also, was willst du hier?“

Sie grinste herausfordernd – schien sich an seiner Ungewißheit zu delektieren.

„Was dich zu uns geführt hat, möchte ich wissen?“ Seine Stimme wurde grob.

Loni schmunzelte aufreizend. Etwas Kaltes glitzerte plötzlich in ihrem Blick. „Ich dachte, du könntest dich jetzt mir etwas erkenntlich zeigen?“

Der Bruckhofer merkte, daß sie etwas im Schilde führte, doch er trug einen Gleichmut zur Schau. „Erkenntlich zeigen? – Wofür?“

Um ihre geschminkten Lippen legte sich ein überlegenes Lächeln. „Kannst du dich gar nicht mehr erinnern?“ fragte sie ostentativ.

„Nein, zum Teufel, ich weiß überhaupt nicht, wovon du sprichst? Ich sehe nicht die geringste Veranlassung, dir mit Wohlwollen zu begegnen. Warum sollte ich mich also erkenntlich zeigen?“

„Damit ich mich nicht mehr an etwas entsinne, was deinem Ansehen sehr schaden könnte."

Er wußte immer noch nicht, worauf sie anspielte. „Ich bin mir keiner Schuld bewußt, und nicht einmal du kannst mir etwas Schlechtes nachsagen."

Sie grinste immer noch heimtückisch. „Meinst du? – Dann muß ich wohl dein Gedächtnis etwas auffrischen."

Der Bruckhofer ließ sich seine Unsicherheit nicht anmerken. „Ich weiß nicht, was du willst? Deine lächerliche Drohung hört sich an, als hätte ich ein fürchterliches Unrecht begangen?"

Sie nickte nonchalant. „Ja, so könnte man es bezeichnen."

Das Gespräch begann ihm lästig zu werden. Er lachte blechern. „Und was willst du mir zur Last legen?"

„Fahrerflucht!"

Loni ließ die Ungeheuerlichkeit im Mund zergehen wie ein Bonbon.

Der Bruckhofer schrak kaum merklich zusammen, aber er verwahrte sich gegen diese Anschuldigung. „Das ist eine gemeine Lüge, die du dir ohne jeden Beweis ausgedacht hast. Ich werde dich verklagen."

Sie lächelte kühl und maliziös. „Davon würde ich dir abraten, es könnte nur deine Situation verschlechtern. Es wäre klüger, du würdest auf meine Forderung eingehen, dann vergesse ich die Angelegenheit." – Sie nannte keine bescheidene Summe. „Ist dir mein Schweigen das Geld wert?"

Seine Stimme klang heiser. „Du bist ja übergeschnappt. – Für Erpressung gibt es Gefängnis."

„Spiel dich nicht so selbstsicher auf, du kannst dich da nicht herausreden. Es gibt noch einen Zeugen, der dich gesehen hat."

„Wer sollte mich gesehen haben?" fragte er scheinbar unbekümmert.

„Der Schorer-Georg, der mich an jenem Abend von einem Diskobesuch mit dem Wagen nach Hause brachte. Er hatte dir damals seine Hilfe angeboten, als du an der gleichen Stelle, wo man die Glassplitter des Blinklichtes fand, eine Panne vortäuschtest. Du hast uns zwar den Rücken zugedreht, aber ich habe dich gleich an der Stimme erkannt, auch wenn du bemüht warst, sie zu verstellen."

„Blödsinn", rief er zurück. „Ja, ich hatte eine Panne. Der Motor zog nicht mehr durch, weil eine Zündkerze ausgefallen war, aber ich habe den Schaden selbst behoben, alles andere entspringt deiner gemeinen Phanasie."

„Weshalb hast du am Sonntagmorgen in der Küche deine Trachtenjoppe am Ärmel vom Blut gereinigt, als die Mutter in der Frühmesse war?" hakte sie sofort nach.

„Ich hatte mich wahrscheinlich beim Herausdrehen der Kerze im Dunkeln an einer scharfen Blechkante am Motorblock verletzt."

„Und was war mit der kaputten Blinkleuchte, die du am Montag früh heimlich im Schuppen repariert hast?"

„Da bin ich beim Einparken bei der Wahlversammlung in Kleinried an die Hausmauer vom Neuwirt gestoßen", beendete er das Verhör.

„Aber warum hast du dann nicht gleich am nächsten Tag die Sache der Polizei gemeldet, wenn du dir so sicher warst?" forschte er. „Die Rücksicht auf meinen guten Ruf hätte dich gewiß nicht davon abgehalten — du hast mich noch nie leiden können."

„Weil ich damals noch eine dumme Gans gewesen bin, die sich zu Dank verpflichtet fühlte", gab sie zurück. „Aber in der Stadt sind mit inzwischen die Augen aufgegangen, was für eine billige Arbeitskraft ich dir in all den Jahren gewesen bin."

Der Bruckhofer starrte sie feindselig an. „Und deswegen hast du dir dieses Greuelmärchen ausgedacht. Pfui Teufel, du mußt ja in München einen feinen Umgang haben. – Und so was haben wir großgezogen."

„Du hast ganz gut profitiert dabei", echote sie verächtlich, nahm ihren kleinen Lederkoffer an sich und schritt selbstsicher die hölzerne Treppe empor.

Fast gleichzeitig kam die Bruckhoferin vom Wirt zurück. Sie vermißte das Mädchen sofort. „Ist die Loni in ihrer Kammer?"

„Die soll ja nicht denken, sie kann sich bei uns häuslich einrichten", erboste er sich. „Ich will das verdorbene Weibsbild nicht hierhaben."

„Kaum ist das Dirndl da, fängst du schon wieder zu schimpfen an", nahm sie seine Frau in Schutz.

„Soll ich ihr vielleicht um den Hals fallen, dem raffinierten Luder? Warum mußt du überhaupt zum Wirt hinunterlaufen? Ist dem verwöhnten Fräulein unser Preßsack nicht mehr gut genug?" belferte er weiter.

„Jetzt hör' endlich auf zu meckern, sie wollte uns doch mit ihrem Besuch eine Freude machen", meinte sie beschwichtigend und verteilte die Wurstscheiben auf einen Teller.

„Freilich, hilf nur wieder zu ihr", knurrte er unbeirrt, „siehst du denn nicht, was aus ihr geworden ist? Kommt man in diesem Aufzug heim und setzt seine Pflegeeltern der Schande aus?"

Seine Frau hielt dieses Argument für maßlos übertrieben. „Sie ist jung und geht mit der Mode. In der Stadt sind sie eben so angezogen".

„Fällt dir nichts Besseres ein?" vertrat er grollend seinen Standpunkt. „Meine Schwester, die Berta, hat vor dem Krieg in München einen Schreiner geheiratet, aber deswegen ist sie nicht herumgelaufen wie ein Papagei."

„Das war vor über vierzig Jahren, die Menschen sind inzwischen toleranter geworden."

Ihr Mann ließ sich nicht belehren. „Gut, die Zeiten mögen sich geändert haben, nicht aber der Charakter. Oder bist du blind geworden mit deinem Mutterkomplex? Hast du nicht die Schminke gesehen in ihrem aufgetakelten Gesicht? Zurechtgemacht hat sie sich wie ein Flittchen."

„Du mäkelst halt an ihr herum, weil du sie nicht magst."

„Soll ich vielleicht auch noch stolz sein auf ihre Anwesenheit? – Es wäre besser gewesen, du hättest dich damals vor fünfzehn Jahren nicht ihrer angenommen."

Ein frostiger Blick streifte ihn. „Ich war schließlich der festen Überzeugung, es sei deine eigene Tochter", rechtfertigte sie seinen Vorwurf. „Jetzt ist sie eben einige Wochen hier und du kannst sie nicht gleich wieder wegschicken."

„Niemand wird mich daran hindern, bevor die Leute mit den Fingern auf uns zeigen", erwiderte er zornig und verließ geräuschvoll die Stube.

Währenddessen arbeitete Andreas draußen auf dem Feld und dachte über seine triste Zukunft nach. Er war wortkarg geworden und hatte schon längst das Lachen verlernt.

Wie schön war ihm der Ehestand vorgeschwebt. Kinder hatten sie eingeplant, als sie vor der Hochzeit ihr Zusammenleben besprachen.

Der Plötzer-Paul hatte nur zwei Monate vor ihnen geheiratet – dort mußte sich schon Nachwuchs eingestellt haben, und wenn der Südwind wehte, hörte man das helle Kinderschreien bis zum Bruckhof herauf.

Andreas würde vergeblich auf einen Stammhalter warten, denn seine Frau fühlte sich gesundheitlich schon wieder schlechter. Sie zeigte kein Verlangen nach Zärtlichkeit, und seit einigen Tagen waren ihre Schlafkammern getrennt.

Dazu gesellte sich auch noch die Gewißheit, daß sein Vater an der Abmachung festhielt, das Anwesen erst nach Ablauf des vereinbarten Termins zu übergeben.

Eine dunkle Mädchenstimme riß ihn aus seinen düsteren Überlegungen.

Loni war mit dem Fahrrad ziellos durch die Gegend gefahren und wie zufällig hier vorbeigekommen. Als sie den Feldrain erreichte, beflügelte sie plötzlich ein kühner Gedanke und ließ sie nicht mehr los. Hatte nicht die Bruckhoferin die schwere Krankheit der Sägemüllerstochter erwähnt? – Vielleicht waren ihre Tage wirklich schon gezählt? Wenn es ihr gelang, Andreas über den Verlust seiner jungen Frau schnell hinwegzuhelfen, eröffneten sich vielleicht völlig neue Perspektiven, die ihre Zukunft betrafen.

Den Schwindel ihrer wiederentdeckten Freude zur Landwirtschaft würde sie natürlich bald aufdecken, denn gegen Stallgeruch war sie beinahe allergisch geworden.

Wenn es ihr erst einmal gelungen war, Andreas hörig zu machen, würde er sich bestimmt nicht dem Wunsch verschließen, den ganzen Besitz in Aktienpakete zu verwandeln.

Sicher, die Idee war verwegen und bedurfte eines genau ausgeklügelten Plans, aber die Bruckhoferin ließ sich täuschen, und der Alte war ihr ausgeliefert und würde sich hüten, ihre Bestrebungen zu durchkreuzen.

Loni winkte Andreas zu und wartete geduldig, bis er die Feldgrenze erreicht hatte.

Ihn dünkte, ihr Blick war anders geworden als der, den er von seiner Stiefschwester in Erinnerung hatte.

Lonis Kleidungswechsel gereichte ihrem kühnen Entschluß sehr zum Vorteil. Die enge Bluse zeigte angenehme Rundungen, und der Sommerwind blies vorwitzig durch den dünnen Rock und ließ für Augenblicke wohlgeformte Beine frei werden.

Andreas wollte nicht unhöflich sein und stellte den Motor ab.

„Du, Loni?“ tat er überrascht. „Ich hätte dich bald nicht wieder erkannt. Aber gut siehst du aus.“

„Danke“, erwiderte sie kokett und begann sofort zu flirten. „Du hast dich aber auch nicht zu deinem Nachteil verändert.“

„Nun ja, es gibt Häßlichere“, antwortete er trocken. „Aber was hat dich nach Tannried geführt? Du wirst doch wohl nicht Heimweh gehabt haben?“ zweifelte er.

„Eigentlich schon“, bedeutete sie vorsichtig und sah ihn schmachtend an. „Ich habe mich gerne an die Zeit erinnert, als wir zusammen auf den Feldern waren bei der Kartoffelernte."

„Das weißt du noch?"

„Natürlich. – Ich hab' überhaupt oft an dich denken müssen", turtelte das Mädchen theatralisch. „Du warst immer gut zu mir, wie ein richtiger Bruder."

Andreas wurde unbehaglich zumute, und sein Blut begann eine gefährliche Melodie zu rauschen.

„Ach was", sagte er etwas verlegen. „Du wirst dich ins Nachtleben gestürzt haben, wo man schnell vergißt, der Einsamkeit nachzutrauern."

Loni mimte sofort die Tugendhafte. „Wo denkst du hin? – Ich mache mir nichts aus dem Trubel und habe abends lieber ein gutes Buch gelesen."

Andreas wollte ihr nicht widersprechen und wechselte das Thema.

„Bei uns gibt es viel zu tun", konstatierte er ablenkend.

Sie nickte verständnisvoll. „Das läßt sich denken, daß die Arbeit bei euch kein Ende nimmt, wo doch die Regina weg ist und deine Frau ..." Sie hielt inne, als sei ihr die Geschmacklosigkeit bewußt geworden. „Entschuldige, ich wollte dir nicht zu nahetreten", heuchelte sie Mitleid.

„Laß nur, ich bin dir nicht böse. Das Schicksal hat mich ziemlich hart angefaßt.“

„Vielleicht wird sie doch noch gesund?“ meinte sie teilnehmend.

„Daran glauben nicht mal mehr die Ärzte. – Doch was nützt das ganze Grübeln? Das Leben besteht halt aus Höhen und Tiefen. Aber ich darf nicht die Zeit vertrödeln und muß weitermachen“, beendete er das verfängliche Gespräch und ließ wieder den Motor anspringen.

Loni radelte langsam heimwärts. Freilich, viel war nicht gesprochen worden, abr ihr war, als hätte sie soeben den ersten kleinen Sieg errungen.

*

Es folgten heiße Tage, und die lauen Nächte, die sternenklar über das Tal zogen, brachten kaum Abkühlung.

Der zarte Glanz des bestirnten Himmels lag über der nächtlichen Landschaft, als Andreas vom Wirtshaus heimkehrte. Früher ließen sich seine wenigen Gasthausbesuche an den Fingern abzählen, doch seit ihm das Schicksal so übel mitgespielt hatte, suchte er immer öfter Vergessen im Alkohol.

Auch seine Einstellung zum Leben war anders geworden. Er empfand keine Freude mehr am Dasein. Der junge Bruckhofer verspürte keine Lust dazu, sich für etwas abzurackern, was ihm gar nicht gehörte, und der schmerzliche Leidensweg seiner jungen Frau legte sich zentnerschwer auf sein Gemüt.

Andreas war nicht betrunken, aber seine Schritte wirkten schwerfällig, wenn die Schuhe über einen Stein stolperten. Er wählte den kürzeren Weg über die Köppelwiese und stieg müde den zertretenen Pfad bergan.

Neben dem Streuschuppen war ihm plötzlich, als spürte er den Atem eines Menschen in seiner Nähe. Lauerte ihm etwa jemand auf? Der Schreck machte ihn beinahe nüchtern. Ein Schatten schälte sich aus der Dunkelheit. Gleichzeitig erkannte er seine Stiefschwester.

„Du, Loni?“ fragte er überrascht. „Kleine Mädchen sollten um diese Zeit längst im Bett liegen“, tadelte er mehr im Spaß.

„Ich bin aber kein kleines Mädchen mehr“, schmollte sie überflüssigerweise, weil Andreas davon überzeugt war.

„Was macht du dann hier?“ wollte er wissen.

„Es war mir zu warm daheim, heraußen ist es angenehmer. Ich habe eine Weile auf der Bank gesessen, dann hörte ich dich kommen. Aber ich wollte dich nicht erschrecken", redete sie sich heraus.

Er machte eine resignierende Handbewegung. „Mich kann im Leben so leicht nichts mehr erschrecken."

„Darf ich dich begleiten? – Du gehst doch nach Hause?"

„Wo sollte ich wohl sonst hingehen?" antwortete er ausweichend und fühlte plötzlich, daß ihm die Situation äußerst gefährlich werden konnte.

Ein frischer Wind sprang von den Bergen herüber, was ihren Bemühungen sehr gelegen kam.

„Mir ist plötzlich kalt", flüsterte sie und drängte sich an ihn. Andreas erschauerte bei dieser Berührung. Der Hauch eines verwirrend duftenden Parfüms streifte ihn und betörte seine Sinne.

Loni wollte die günstige Situation nicht nutzlos verstreichen lassen und drückte seinen Arm fester. „Es ist schön, mit dir nachts spazieren zu gehen", hauchte sie verheißungsvoll.

Andreas wußte darauf keine Antwort. Gleichzeitig beschlich ihn ein Gefühl von Gleichgültigkeit, an das vergeblich sein Gewissen appellierte.

Gespenstisch ragten die Baumstämme aus der Dunkelheit, als sie ein kleines Waldstück erreichten. Irgendwo schrie eine Katze.

Andreas bemühte sich erneut, sich auf diesem verbotenen Weg zurechtzufinden; ein Rest von Vernunft schien ihn zu bewegen, seine verwirrten Gefühl zu ordnen.

Loni ahnte instinktiv seine Gedanken und versuchte sie schnell zu verdrängen. „Wir müssen uns wiedersehen." Ihre Stimme zitterte.

Andreas gab sich keine Mühe mehr, seiner Verwirrung Herr zu werden. Ihm wurde zusehends die Aussichtslosigkeit dieses Versuches bewußt und er ließ sich hineintaumeln in das verlockende Gefühl, das trunken machte.

„Es war doch kein Zufall, daß wir uns hier begegnet sind. Warum hast du mir aufgelauert?" fragte er erregt.

„Kannst du das nicht erraten?" Sie sah ihn schmachtend an. „Hast du denn nie gemerkt, daß ich immer eine Gelegenheit suchte, um dir zu sagen, daß ich dich gern habe. – Bitte, küß mich, Andreas!"

Der junge Bruckhofer spürte ihren heißen Atem. Sein Puls raste; alles in ihm drängte nach ihrer gesunden Jugend. Wie benommen irrten seine Hände über ihren schmiegsamen Körper

– sie stöhnte auf – dann riß er sie plötzlich wie von Sinnen an sich und preßte seinen Mund auf ihre verlangenden Lippen.

Die Turmuhr schlug Mitternacht, als sie den Wald verließen.

Loni zärtelte um seinen Mund. „Du hast mich glücklich gemacht."

Andreas ging nicht darauf ein. „Ach was, wir hätten uns nicht vergessen dürfen", bekannte er nicht sehr liebevoll und ekelte sich plötzlich.

„Bist du immer so unwirsch nach einem Schäferstündchen?" fragte sie pikiert.

„Ich habe seit meiner Verheiratung keine Gelegenheit dazu gesucht."

Loni hatte andere Moralbegriffe. „Warum quälst du dich mit Selbstvorwürfen? – Du bist ein Mann mit allen Schwächen und schläfst schon seit Wochen einsam in deiner Kammer wie ein Mönch. Wer sollte dich anklagen?"

„Mein Gewissen – schließlich bin ich nicht mehr ledig."

„Du kannst nicht ewig enthaltsam leben, die Natur fordert ihr Recht", wußte sie seinen Fehltritt zu verharmlosen.

„Du darfst mit niemandem darüber reden", verlangte er eindringlich.

„Wofür hältst du mich? Es soll unser Geheimnis bleiben", versprach sie feierlich.

„Geh du voraus, damit wir nicht zusammen heimkommen", flüsterte er ihr zu und vermied weitere Zärtlichkeiten.

Sie nickte ergeben und verschwand dann rasch in der Dunkelheit.

Unten an der Feldkapelle blieb sie kurz stehen und sah triumphierend zum Bruckhof hinauf. Das weiße Gemäuer leuchtete hell im Licht des Dreiviertelmondes und ließ das Gehöft noch imposanter erscheinen. Mit dem Gefühl der Überlegenheit nahm sie den ländlichen Besitz in Augenschein. Selbstsicher überschlug sie den Wert der Baulichkeiten, die ausreichten, um finanziell gut abgesichert zu sein. Der Anfang war gemacht – sie mußte sich nur noch etwas in Geduld fassen, bis ihre kühnen Erwartungen ganz erfüllt würden, überlegte sie ohne Skrupel und trippelte dann leichtfüßig die kleine Anhöhe hinauf.

Andreas wartete eine geraume Zeit und schritt dann ebenfalls dem Anwesen zu. Er fühlte sich nicht behaglich und schalt sich einen Schwächling, der frivolen Verlockungen nicht zu widerstehen vermochte. Warum erlag er ihren Verführungskünsten? Zuneigung konnte es nicht gewesen sein, und für aufrichtige Gefühle erschien ihm das Mädchen viel zu verdorben. Seine ganze Liebe galt immer noch seiner Frau, auch wenn er auf verwerfliche Art unbeabsichtigt in den Rausch der Leidenschaft hineingetaumelt war.

Doch was nützten jetzt reuevolle Überlegungen, die seine Unbesonnenheit nicht mehr ungeschehen machten.

Beim Prittl knurrte der Hund eine Weile und kroch dann schläfrig wieder in seine Hütte zurück. Im Stall rasselte eine Kette.

Vom schlechten Gewissen getrieben, erreichte Andreas den Hof. Er stieg behutsam die Treppe hoch und schlich sich leise in seine Kammer.

Im anderen Schlafraum, gleich nebenan, lag Martha in ihren Kissen. Sie schien zu träumen, denn um ihren Mund spielte ein zaghaftes Lächeln – wie sollte sie ahnen, was sich vor einer knappen Stunde zugetragen hatte.

*

Seit Lonis Anwesenheit fand der Bruckhofer ständig Anlaß zu neuen, unerfreulichen Wortgefechten, zumal sich das Wohlbefinden der Schwiegertochter täglich verschlimmerte.

Doch der Überdruß machte die Arbeit nicht weniger, das Tagwerk mußte genau so verrichtet werden, wovon die meiste Last der Bruckhoferin aufgebürdet worden war.

Loni bekümmerte die Mehrbelastung nicht; sie vermied es tunlichst, ihre Mithilfe anzubieten, faulenzte tagsüber untätig herum und wußte abends dem Leben die schönen Seiten abzugewinnen.

Sie genoß ihren Ferienaufenthalt in vollen Zügen und machte keine Anstalten, endlich das Feld zu räumen, was den Bruckhofer immer griesgrämiger werden ließ, besonders heute, als er sie im Obstgarten mit einem spärlichen Badeanzug bekleidet auf einer Decke liegen sah.

Er blickte sie feindselig an. „Hoffentlich verkühlst du dich nicht im Schatten mit deiner dürftigen Bekleidung?“ höhnte er verächtlich.

Loni sah unwillig von ihrer Lektüre auf und lächelte süffisant.

„Im Gegenteil“, spöttelte sie belustigt. „Am liebsten würde ich meine Haut ganz ohne Textilien bräunen, aber ich respektiere die Tannrieder Moralbegriffe, wie du siehst.“

„Was scherst du dich noch um Sinne und Moral?“ rief er angewidert. „Ehrgefühl hast du ohnehin keines mehr.“

Sie grinste impertinent. „Gerade du hast es nötig, von Ehre und Moral zu sprechen. Spiel doch nicht dauernd den gutherzigen Menschen. Damals, gleich nach dem Unfall, hat es ja auch wie eine gute Tat aussehen sollen, als dir plötzlich in den Sinn kam, den Martin die geistliche Laufbahn einschlagen zu lassen. Du wolltest nur dein Gewissen reinwaschen mit diesem Entschluß. Aber der Herrgott ist kein Krämer, mit dem sich handeln läßt."

„Spar dir deine Belehrungen, du hast dafür keine Beweise."

„Das wirst du schon noch sehen."

Der Bruckhofer ging nicht darauf ein. „Wenn du in der Stadt die Schlechtigkeit angenommen hast – deinen zweifelhaften Lebenswandel könntest du wenigstens einschränken, solange du hier bist", maßregelte er seine Pflegetochter. „Wo hast du dich denn gestern abend so lange herumgetrieben? Um Mitternacht warst du noch nicht daheim."

Loni horchte einen Augenblick kurz auf. Sollte der Alte etwas gemerkt haben? Doch sie verwarf diese Möglichkeit sofort und trug einen provozierenden Gleichmut zur Schau. „Ich glaube, das geht nur mich etwas an", entgegnete sie spitz.

Der Bruckhofer hatte Mühe, seine Beherrschung zu bewahren. „Um rotzfreche Antworten bist du nie verlegen. Wir kommen noch in Verruf."

„Das bleibt sowieso nicht aus, wenn ich mich deiner Fahrerflucht erinnere."

„Du machst dich ja nur lächerlich mit deinem Geschwätz. Mich kannst du jedenfalls mit deiner absurden Drohung nicht einschüchtern", herrschte er sie an und schritt der Tenne zu.

Am späten Abend, als am Himmel das letzte Rot verdämmerte, traf sich Andreas mit Loni wieder auf verbotenen Wegen. Dem ersten Fehltritt reihte sich Schuld an Schuld, und am nächsten Morgen, als der Taumel der vermeintlichen Glückseligkeit vorüber war, klagte ihn sein Gewissen wieder an. Doch immer wenn Andreas glaubte, mit sich ins reine gekommen zu sein, um dieser sinnlosen Tändelei ein Ende zu bereiten, erlag er wieder ihren Verlockungen; ihre Leidenschaft hatte ihn willenlos gemacht.

Langsam versank das Land in der Dämmerung. In den Bäumen verstummte das Vogelgezirp.

Droben neben der Holzhütte am Forstrand trafen sie sich. Gewitterschwüle lag in der Luft.

Hinter den Bergen wetterleuchtete es mitunter. Gleichzeitig raschelte es im Unterholz.

„Endlich bist du hier. Ich glaubte, der Tag würde kein Ende nehmen, so hast du mir gefehlt", flüsterte sie hingebungsvoll und schlang die Arme um seinen Hals. „Ich habe immerfort an dich denken müssen." Ihre verhaltene Stimme klang wie ein Lockruf.

Andreas unternahm keinen Versuch, ihre Sinnlichkeit zu zügeln. Er hörte nur die pochenden Schläge seines Herzens und spürte ihren biegsamen Körper, der sich ihm leidenschaftlich entgegendrängte. Schon fühlte er die feuchten Lippen auf seinem Mund, zunächst zärtlich, dann fordernd ungestüm – ihr Atem floß zusammen, jeder klare Gedanken war der Gegenwart entrückt und löste sich auf in ein unendliches Versinken.

Das Gewölk kam näher; und der Mond verkroch sich schnell hinter einer Wolke, als wollte er damit nichts zu tun haben.

Eine halbe Stunde später schritten sie wieder durch die Dunkelheit. Vom Dorfweiher herauf drang das Quaken der Frösche.

„Liebst du mich?" fragte Loni leise.

„Nein!" Es klang viel lauter, als er es sagen wollte.

Ihr verständnisloser Blick glitt zu ihm hinüber, aber er sah an ihr vorbei.

„Warum hast du dich dann mit mir eingelassen?“ rätselte sie enttäuscht.

„Weil du mich verhext hast mit deinen Aufdringlichkeiten.“

Das Gespräch nahm nicht den Verlauf, den sie sich erhofft hatte. Doch sie gab noch nicht auf und spielte ihre Rolle nun dramatisch. „Ich habe geglaubt, daß uns mehr verbindet als ein flüchtiges Abenteuer“, beteuerte sie weinerlich.

„Was hast du denn erwartet?“ fragte er aufhorchend.

„Daß wir beisammen bleiben, wenn deine Frau einmal für immer die Augen schließt!“

„Du solltest dich schämen, bei einer Kranken schon vom Sterben zu reden“, rügte er die makabre Bemerkung.

„Du hast mich mißverstanden“, fügte sie rasch hinzu. „Ich wünsche ihr gewiß nicht den Tod, aber ich hab' doch schließlich ein Recht zu erfahren, ob du ernste Absichten erwägst, wenn die Martha einmal von ihrem Leiden erlöst sein wird?“

„Du spinnst ja — davon war nie die Rede“, stellte er richtig. „Ja, ich habe mich treibenlassen, schließlich lebe ich schon seit Wochen wie ein Eremit in meiner einsamen Behausung. Aber nun muß diese zweifelhafte Romanze für immer ein Ende haben. Meine ehrlichen Gefühle gehören nur Martha. Sie trägt keine Schuld, weil sie krank ist."

Loni sah ihr Spiel verloren, Andreas schien sie durchschaut zu haben. Eine gallige Bitterkeit kroch ihr nun über die Seele. Die ernüchternde Erkenntnis, daß sich ihre kühnen Erwartungen nicht erfüllen würden, brachte sie in Rage. „Du wolltest dich also nur amüsieren, billiger Zeitvertreib bin ich dir gewesen."

„Spiel nicht die Unschuld vom Lande – du hast auch deinen Spaß gehabt."

Ihre Lippen zitterten vor Zorn und Erregung. „Warum solltest du anders sein als alle, die auch nur ihr Vergnügen suchen. Aber ich werde dir deine geheuchelten Gefühlsregungen heimzahlen. Ganz Tannried soll von deiner vermeintlichen Tugendhaftigkeit erfahren", kreischte sie hysterisch und verschwand in der Dunkelheit.

„Mach, was du willst", rief er ihr gleichgültig nach und schlug den Weg ins Dorf ein.

In der Ferne grollte der Donner. Wind kam auf und schüttelte die Baumkronen.

Andreas verspürte keine Lust, nach Hause zu gehen, er hätte ja doch keinen Schlaf gefunden.

Beim Unterwirt brannte noch Licht, doch die Gaststube war fast leer. Nur der Grünleitner-Matthias und der Ferstl, der regelmäßig bis zur Monatsmitte seine Rente in Alkohol umgesetzt hatte, saßen beisammen und langweilten sich.

„Eine Halbe und einen Korn", verlangte der späte Gast beim Wirt und setzte sich zu den beiden Zechern.

„Na, Andreas, spielen wir eine Maß aus?" animierte der Grünleitner lärmend.

Der junge Bruckhofer stimmte widerwillig zu und griff nach den Karten. Aber es wollte keine rechte Stimmung aufkommen. Andreas war nicht bei der Sache, so daß ihn der Ferstl verärgert maßregelte: „Jetzt hast du dich aber rühmlich ausgezeichnet. Mit dem Blatt hätten wir doch das Spiel gewinnen müssen."

Draußen plätscherte der Regen auf das Kopfsteinpflaster.

Als Loni gerade noch trocken das Anwesen erreichte, wartete eine neue Enttäuschung auf sie. In der Wohnstube brannte noch Licht. Der Bruckhofer öffnete im Flöz die Stubentüre und winkte sie zu sich.

„Komm rein, ich hab' mir dir zu reden", forderte er sie grob auf.

Sie folgte ihm zögernd und nahm an, er habe endlich ihre Drohung ernstgenommen und sei zu einem akzeptablen Kompromiß bereit, doch das Mädchen wurde rasch eines Besseren belehrt.

Sie waren allein in der Stube, die Bruckhoferin lag schon rechtschaffen müde in ihrer Schlafkammer.

„Damit du klar siehst, du wirst morgen früh Tannried verlassen", entschied er kategorisch.

„Zuerst will ich Geld sehen", maulte sie herausfordernd.

„Einen Dreck wirst du", gab er zurück. „Mit deiner liederlichen Drohung ist kein Geschäft zu machen. Das Gehirngespinst nimmt dir nach einem Jahr keiner mehr ab. Von mir bekommst du keine müde Mark, damit du Bescheid weißt."

„Du vergißt den anderen Zeugen."

„Den kannst du vergessen", klärte er sie auf. „Der Schorer-Georg hält sich da raus. Ich habe ihn deswegen angesprochen, aber er kann sich an nichts mehr erinnern. Seine Frau machte ihm die Hölle heiß, würde doch dadurch sein Verhältnis mit dir offenkundig. Dein niederträchtiger Erpressungsversuch ist fehlgeschlagen." Er griff in seine Gesäßtasche und warf ihr verächtlich einen Hundertmarkschein zu. „Damit du gleich morgen früh mit dem Taxi abfahren kannst und nicht auf das Postauto warten mußt. Unser Ansehen ist schon genug besudelt. Du wirst dich ja rasch wieder zurechtfinden in deinem gewohnten Milieu. – Kannst ja alles nachholen, was du in den zwei Wochen versäumt hast."

Loni mußte sich geschlagen geben. Der vage Versuch, Andreas für immer zu umgarnen, war zu einer Illusion geworden, und die andere Unverfrorenheit, mit einem kriminellen Erpressungsversuch zu Geld zu kommen, scheiterte ebenfalls kläglich. Sie vergaß ihren Stolz und nahm den Geldschein an sich; ihre Barschaft war ohnehin ziemlich verbraucht.

„Also, morgen früh bist du verschwunden, und laß dich hier nie wieder sehen", betonte er mit Nachdruck.

„Worauf du dich verlassen kannst. Keine Stunde bleibe ich länger in einem Haus, wo man ständig sittlich belästigt wird", ließ sie sich im Zorn zu einer ungeheuerlichen Bezichtigung hinreißen. „Gewalt wollte er mir heute antun, dein Herr Sohn."

„Du lügst, wenn du dein Schandmaul aufmachst. Der Andreas vergreift sich nicht an so einer."

Sie grinste boshaft. „Sei nicht so überzeugt von seiner Tugendhaftigkeit, der ist nicht besser wie du. Hast ja auch damals deine Frau mit meiner Mutter betrogen."

„Schau, daß du mir aus den Augen kommst."

„Gerne. Bin froh, wenn ich fort bin von der scheinheiligen Familie, ihr habt doch alle selbst genug Dreck am Stecken", rief sie in ohnmächtiger Wut und suchte ihre Kammer auf. Warum sollten sich andere an ihrer Niederlage erfreuen. Morgen bereits war sie wieder in ihrer gewohnten Umgebung, wo die Moral verborgen blieb im schummrigen Licht zweifelhafter Nachtlokale.

*

Wie weit Marthas Krankheit wieder vorangeschritten war, ließ sich am nachdenklichen Gesicht von Doktor Rösch erkennen, der eine erneute Einweisung ins Krankenhaus für unumgänglich hielt.

„Darf mich mein Mann nach München bringen?" bat sie gefaßt, um das Aufsehen zu vermeiden, wenn der Krankenwagen vorfuhr.

Der Arzt hatte nichts einzuwenden. Das Fieber war abgeklungen, der Krankenkasse blieben die Transportkosten erspart.

„Wenn Sie darauf bestehen, stimme ich Ihrer Bitte zu. Sie müssen die Fahrt aber heute noch antreten", erklärte sich der Hausarzt einverstanden und stellte den Einweisungsschein aus.

Mittlerweile wurde es Zeit zur Stallarbeit. Die Bruckhoferin entschuldigte ihre Eile und verabschiedete sich schon vorher von ihrer Schwiegertochter.

„Nimm es nicht so schwer, und komme bald wieder gesund nach Hause, Martha", suchte sie nach trostreichen Worten und sprach ihr Mut zu.

Andreas hatte sich inzwischen umgezogen. „Es hat wenig Sinn, auf den Vater zu warten. Er ist mit dem Traktor auf der Leiten. Vor einer halben Stunde wird er kaum heimkommen, und wir haben einen weiten Weg vor uns", betonte er so seltsam.

Sie gingen draußen dem kleinen Anbau neben der Scheune zu, der schon seit Jahren behelfsmäßig als Garage diente. Es war windig und begann wieder zu regnen.

„Die Freude, daheim zu sein, war nur kurz", sagte sie einsilbig und nahm neben ihrem Mann Platz.

Er nickte nur. „Tragen wir es mit Fassung, Martha, unser Leidensweg scheint kein Ende zu nehmen."

Andreas betätigte den Anlasser und legte den Rückwärtsgang ein. Gleichzeitig erfaßte ein heftiger Windstoß die einteilige Brettertür und ließ sie laut zuknallen.

Andreas stieg aus, aber er bemühte sich vergebens, das Tor zu öffnen – die primitive Türe ließ sich nur von außen entriegeln. Wie oft hatte er den Vater schon auf diese gefährliche Handhabung hingewiesen, doch das veraltete Schnappschloß wurde nie ausgewechselt.

Der junge Bruckhofer trommelte verärgert mit den Fäusten gegen das Holz, doch sein Klopfen blieb unerhört.

Andreas nahm resigniert wieder im Wagen Platz und stellte den Motor ab. „Jetzt können wir warten, bis der Vater vom Feld zurückkommt“, konstatierte er ratlos.

Der Gang war ausgekuppelt, die Handbremse angezogen, stellte Martha fest. Ihre Gedanken überschlugen sich, bedrängten sie mit Gewalt. „Wie lange war ich jetzt daheim?“ fragte sie kaum hörbar.

„Viel zu wenig“, wußte er nur zu erwidern.

„Nun muß ich wieder in die Klinik – schon das dritte Mal. Die Abstände werden immer kürzer. Und wie schön hatte ich mir das Leben an deiner Seite vorgestellt, wenn ich dir Kinder schenken kann. Ich habe dir kein Glück gebracht."

„Das Schicksal läßt sich nicht überlisten", kam er ins Philosophieren.

„Ich werde nicht mehr lange leben", bedeutete sie ohne zu klagen.

Andreas versuchte ihr das auszureden, obgleich ihre Worte von der Wahrheit nicht weit entfernt lagen.

„Ich mußte es auf Umwegen erfahren, doch ich fürchte mich nicht vor dem Tod – ich habe nie etwas Böses getan. Ich wollte nur immer mit dir beisammen sein." – Sie zögerte einen Augenblick und drehte dann den Zündschlüssel in die Anlaßstellung, bis der Motor wieder im Leerlauf tuckerte.

Andreas sah sie befremdet an. „Warum machst du das? – Die Abgase können nicht entweichen, wir werden daran zugrunde gehen!"

„Ich habe mir immer gewünscht, mit dir gemeinsam die große Reise anzutreten, wenn ich nachts oft stundenlang wachlag und an die schöne Zeit von früher dachte", gestand sie verklärt und griff nach seiner Hand.

„Wir begehen ein schweres Unrecht, Martha. Der Herrgott allein bestimmt den genauen Zeitpunkt, wie lange wir zu leben haben."

„Er war unserem Glück nicht gut gesonnen, kommen wir seiner Entscheidung also zuvor."

Andreas hätte den Motor abstellen können, aber er fand plötzlich nicht mehr den Willen dazu.

Hatte ihm nicht der Oberarzt die nur geringe Lebenserwartung seiner Frau schonend beizubringen versucht? Was bedeutete die kurze Frist, wenn Martha vielleicht nie wieder die Klinik verlassen durfte? Die Leere nach ihrem Tod, dieses Gefühl, innerlich ausgebrannt zu sein, würde er nie überwinden, auch wenn es vielleicht Mädchen seines Standes gab, die insgeheim, nach einer angemessenen Trauerfrist, mit der Möglichkeit spielten, die Nachfolge anzutreten. Andreas konnte sich nicht vorstellen, mit einer anderen glücklich zu werden. Seine ganze Liebe galt immer nur dieser Frau, selbst wenn er sie in seiner Torheit feige betrogen hatte. – Was erwartete ihn schon, wenn sie für immer die Augen schloß? Sein Vater würde einen Grund gefunden haben, die Hofübergabe hinauszuschieben. Sein Bruder Martin hatte ebenso ein Anrecht auf den Besitz, das Anwesen ging also nicht in fremde Hände über. Das Gelöbnis vor dem Altar, in guten wie in schlechten Tagen unlösbar miteinander verbunden zu sein, ließ vielleicht seine Beihilfe rechtfertigen. Wenn Martha bald die Welt für immer verlassen mußte, dann wollte er mit ihr gemeinsam diesen weiten Weg antreten, von dem es kein Zurückkommen mehr gab.

Sicher, für die Kriminalpolizei würde die Todesursache schnell gelöst sein: Ein laufender Motor ließ sich abstellen oder abwürgen, indem man den Auspuff verstopfte, aber wenn sie sich nachsichtig zeigte, blieb es ein tragischer Unglücksfall, und niemand würde ihm zur Last legen, dem Leben selbst ein Ende gesetzt zu haben. Nur Gott war Zeuge und in seiner Güte vielleicht zu einem Zugeständnis bereit?

„Küß mich noch einmal", drängte sie und legte dann den Kopf an seine Seite. „Erinnerst du dich noch, wie wir als Kinder im Kahlerweiher heimlich Forellen geangelt haben? Wie du mich mit vierzehn Jahren aus dem Mühlbach gerettet hast und wir uns dann bald darauf im Heuschober das erste Mal in den Armen gelegen sind?"

Andreas entsann sich gerne daran, auch wenn ihm das Denken schon Mühe bereitete.

„Es war uns nicht vergönnt, glücklich zu werden." Ihre Zunge wurde schwer. „Leb wohl, Andreas – wir sehen uns bald im Jenseits wieder."

Er lächelte ihr noch einmal zu, nahm ihre Hände in die seinen und spürte dann immer mehr eine bleierne, vorher nie gekannte Müdigkeit aufkommen.

Als der Bruckhofer eine knappe Stunde später nichtsahnend die verschlossene Tür öffnete, prallte er entsetzt zurück. Der Motor lief immer noch, stinkiges Auspuffgas schlug ihm entgegen. Hastig riß er die Wagentüre auf und erschauerte, weil der Arm seinen bewegungslosen Sohn streifte, während er den Zündschlüssel umdrehte. Bestürzt rüttelte er die leblosen Körper. Vergeblich – sie gaben kein Lebenszeichen mehr von sich. Verzweifelt hetzte der Bruckhofer ins Haus, stürzte ans Telefon.

*

Die Polizei und der gerufene Arzt hegten keine Zweifel an der Sterbeursache, aber sie veranlaßten pflichtgemäß nur eine Obduktion, verzichteten jedoch darauf, den Hergang genau zu rekonstruieren und kamen überein, die Tannrieder einen tragischen Unglücksfall glauben zu machen. Der gemeinsame Vorsatz, aus dem Leben zu scheiden, war zu eindeutig und motivierte nicht dazu, jemand in Verdacht zu bringen, der ein Interesse gehabt hätte, die jungen Leute aus dem Weg zu räumen.

Als es zu dämmern begann und in den Niederungen das Land in der Dunkelheit versank, läutete in Tannried das Totenglöcklein traurig in die Nacht hinein.

Gleich am nächsten Tag machte sich der Bruckhofer schweren Herzens auf den Weg in die Kreisstadt, um die notwendigen Bestattungsformalitäten zu erledigen. Ihn schauderte, als er das Steuer lenkte, das gestern sein Sohn noch in den Händen hatte.

Nachdem die unvermeidbaren Behördengänge hinter sich gebracht waren, fuhr er zum Autohaus Niemeier, um das Fahrzeug zu verkaufen.

Der Händler glaubte an eine Inzahlungnahme, doch der Kunde klärte rasch den Irrtum.

„Ich habe den Wagen vor drei Jahren bei Ihnen gekauft. Das gepflegte Fahrzeug ist unfallfrei, technisch in Ordnung und blieb beim TÜV unbeanstandet. Machen Sie mir ein annehmbares Angebot."

Der Verkäufer inspizierte die Reifen, prüfte das Lenkungsspiel und überzeugte sich nach einer Probefahrt vom technischen Fahrverhalten.

„Die Kupplung rutscht, und die Bremsbeläge müssen wahrscheinlich erneuert werden", stellte er sofort fest. „An welchen Preis hatten Sie gedacht?"

Der Kunde nannte eine Summe, die der Händler sofort herunterhandelte, weil er nun auch den optischen Eindruck geschickt zu bemängeln verstand.

Der Bruckhofer akzeptierte schließlich den gedrückten Preis. Er wollte nicht lange feilschen, um das Vehikel loszuwerden, mit dem vor einem Jahr das Unheil seinen Lauf genommen hatte.

Anschließend löste er in der Sparkasse den Scheck ein und mußte sich beeilen, um das Postauto noch zu erreichen.

Eine halbe Stunde später hatte der Linienbus Tannried erreicht. Außer einigen Schülern verließ auch die alte Burgstallerin das Fahrzeug.

„Mein Beileid, Jakob, es ist ein Kreuz auf der Welt", begann sie jammernd, aber es gelang ihr nicht, Einzelheiten in Erfahrung zu bringen, weil der Bruckhofer bewußt schnellere Schritte machte, um das geschwätzige Weib abzuschütteln.

Die Alte konnte das Tempo nicht mithalten. „Jetzt wirst du die Arbeit mit deiner Barbara wohl kaum mehr bewältigen?" rief sie ihm nach und blieb dann schwer atmend zurück.

Der Bruckhofer mied die Ortsmitte und schlug einen Seitenweg ein, wo ihm der Zufall den Dorfpfarrer begegnen ließ.

Der Geistliche erwiderte den Gruß und fand schnell Worte, die der bedauerlichen Situation angepaßt waren. „Zu allem Kummer lassen sich nicht die Behördengänge aufschieben“, meinte er mitfühlend. „Gottes Fügung bleibt den Betroffenen meist unerforschlich. – Hat sich Ihre Frau schon erholt von dem furchtbaren Schock?“

„Heute morgen war sie noch kaum ansprechbar, aber sie wird sich in das Unvermeidliche fügen“, antwortete er, griff zur Brieftasche und händigte dem Seelsorger ein abgezähltes Geldbündel aus.

Pfarrer Heimerl warf einen kurzen Blick auf die gedruckten Banderolen. „Sechstausend Mark? – Was soll ich damit?“ fragte er verständnislos.

„Ich habe das Auto verkauft und wollte Sie um eine Gefälligkeit bitten, Hochwürden.“ Er druckste etwas herum. „Überbringen Sie das Geld dem Aichinger-Toni in Dürnfeld.“

Der Geistliche entsann sich sofort des Unfalls vor einem Jahr, der dem Buben einen wahrscheinlich irreparablen Gehirnschaden eingebracht hatte. Der früher aufgeweckte, vierzehnjährige Bub wirkte seitdem geistig etwas zurückgeblieben, seine verwaschene Sprache klang schwerfällig, und sein Blick mutete manchmal verworren an.

Der Würdenträger überlegte kurz und brachte dann das seltsame Ansuchen rasch mit einem schrecklichen Verdacht in Zusammenhang. Aber er verzichtete, sein Gegenüber mit dem schlimmen Ereignis auf der nächtlichen Landstraße zu konfrontieren.

„Man wird mich nach der Herkunft des Geldes ausfragen?" gab er nur zu bedenken.

Der Bruckhofer mied den anklagenden Blick seines Begleiters. „Sie können sich doch auf Ihre Schweigepflicht berufen und andeuten, ein reuiger Sünder hätte Sie mit dieser verspäteten Buße betraut. Ich glaube, ich bin für mein Unrecht genug bestraft worden."

Der Seelsorger schwieg und schien zu überlegen, ob die Sühne für diese Tat angemessen war.

*

Einige Tage darauf wurden Andreas und Martha unter großer Anteilnahme zu Grabe getragen. Der kleine Friedhof von Tannried konnte kaum alle Menschen fassen, die den Toten die letzte Ehre erweisen wollten.

Pfarrer Heimerl fand ergreifende Worte am Grab der Verstorbenen. Er schilderte bewegt das kurze Leben der Hinübergegangenen, die beide nun gemeinsam den großen Weg in die Ewigkeit antraten. Er vermied jede Andeutung, die dem bedauerlichen Unglücksfall hätte versteckten Anlaß zum Zweifel geben können. Sollten sie drüben im Jenseits dem stillen Glück begegnen, das ihnen das irdische Dasein versagte.

Unter den Trauergästen befand sich auch Martin, der das traurige Geschehnis dem regionalen Nachrichtenteil der Kreiszeitung entnahm, die noch zum Verbreitungsgebiet seines Aufenthaltsortes gehörte.

Erschüttert nahmen die Hinterbliebenen nach der Beerdigung die Kondolenzen entgegen.

Der Sägemüller hatte Mühe, die Tränen zu verbergen. Der Bruckhofer stand gebrochen vor dem offenen Grabhügel, seine Frau wirkte verstört.

„Wir müssen versuchen, darüber hinwegzukommen, Vater“, sagte Martin ergriffen und versuchte dann seine Mutter zu trösten, die still vor sich hinweinte.

Sie bemühte sich, zu sprechen, doch ihr Atem versagte – stimmlos verbröckelte der Satz.

Der Bruckhofer griff zittrig nach der Hand seines zweiten Sohnes. „Komm zurück, Martin, und vergiß den Streit“, bat er, nachdem der Friedhof sich langsam leerte. „Du darfst uns jetzt nicht allein lassen, Bub. Es ist einsam auf dem Hof geworden, und ich möchte nicht, daß der Besitz in fremde Hände kommt.“

„Das wird nicht gehen, Vater. Ich kann meine Familie nicht allein lassen“, bedeutete er unmißverständlich.

„Ich habe nicht verlangt, du mußt allein kommen. Bring sie mit, deine Regina. Du hast eine brave, tüchtige Frau gefunden, die bereit war, dir in eine ungewisse Zukunft zu folgen, ohne auf materielle Vorteile bedacht zu sein. – Also, komm wieder heim, Martin, die Heimat ruft nach dir.“

Einige Tage darauf hatte Regina ein neues Zuhause gefunden.

Als die Dämmerung hereinbrach, saßen sie verträumt auf der Hausbank und blickten auf das Dorf hinunter.

„Die langen Schuljahre in Hallstetten hatten doch was Gutes“, meinte er versonnen. „Ohne das Studium wären wir uns wohl nie begegnet.“

Sie lächelte ihm verschmitzt zu und drückte das kleine Menschenbündel fester an sich.

Vom Wald herüber kroch lautlos die Dunkelheit. Immer länger wurden die Schatten, bis sie schließlich die ganze Lichtung überdeckten. Ein frischer Wind kam auf.

„Ich glaube, es wird zu kühl für unseren Michael", sagte sie besorgt und hielt ihren Arm schützend an das Gesicht des Kindes, dessen blaue Augen verwundert in diese seltsame Welt blickten.

Martin nickte und stand auf. „Ja, gehen wir ins Haus. Die Mutter muß wieder glauben lernen, daß die Zeit nicht still steht nach dem vielen Leid der vergangenen Tage."

Der Abendstern stand plötzlich am nächtlichen Himmel, flackerte etwas unruhig und leuchtete dann wie ein feierliches Licht.

* *
*